von Maike.

Weihnachten 2017

EVA-MARIA
GRÄFIN VON BENTZEL

CHIEMGAUKRIMI

DER PIETZINGER

UND MEISTER DON ALFREDO

Vorwort
Wir möchten die Freunde der Rechtschreibung
darauf hinweisen, dass dieser Krimi überwiegend in
bayrischem Dialekt geschrieben ist und somit über der
Rechtschreibung steht.

Viel Spaß beim Lesen!

3. Auflage 2017

© 2014 Eva-Maria Gräfin von Bentzel

Illustration: Eva-Maria Gräfin von Bentzel
Layout und Satz: SILGRA
Photography: Marius Graf von Bentzel
Inspiration: Hubertus Graf von Bentzel
Lektorat: Mica Deinhardt

VON BENTZEL VERLAG
www.von-bentzel-art.de

Gedruckt in Bayern
***

Kapitelverzeichnis

Meister Don Alfredo

„Franz?"

Lauthals wird dieser Name durch alle Zimmer und Winkel des Hauses gerufen.

„Fra - hanz!"

Franz Pietzinger sitzt entspannt vor seiner Brotzeit und greift mit einem zufriedenen Lächeln nach der kalten Bierflasche. Genussvoll gönnt er sich einen langen, sehr langen Schluck aus der Flasche. Nichts scheint ihn in diesem Moment erschüttern zu können. Während Maria Pietzinger, liebevoll d'Mari genannt, aufgeregt nach ihrem Mann ruft und durch das ganze Haus stürmt, bis sie ihn schließlich seelenruhig am Küchentisch sitzend entdeckt.

Sie kann seine stoische Ruhe nicht teilen und schnaubt wie eine kleine Lokomotive und ihr fülliger Busen hebt und senkt sich bei jedem Atemzug.

„Franz! Da bist ja! Hast mi ned ghört? I plärr mir hier die Gurgl raus, renn durchs ganze Haus und du sitzt da, als wennst nix hören würdst?"

Franz Pietzinger bleibt unbeeindruckt.

„Jetzt hast mich ja gfundn, Maria! Is was passiert, Spotzei?"

Franz Pietzinger sieht wie gebannt auf das wunderbar duftende geräucherte Stück Fleisch und schneidet sich ein Stück davon ab.

"Wieso machst du eigentlich jetzt scho Brotzeit und warum bist du überhaupt scho do? Habt ihr im Präsidium koa Arbeit? Ich denk, ihr seid so arg überlastet!"

Franz bleibt gelassen.

„Welche Frage möchst denn zuerst beantwortet haben, Weibi?"

Franz Pietzinger, seines Zeichens Kriminalhauptkommissar am Chiemsee, lächelt verschmitzt.

Sein gemütliches Aussehen entspricht nicht unbedingt den Vorstellungen eines agilen Fernsehcops, da gutes Essen und eine tägliche Mass Bier, oder zwei, ihre Spuren an dem einst so athletischen Franz hinterlassen haben. Seine markanten Gesichtszüge, die blauen Augen und die blonden, glatt nach hinten gekämmten Haare lassen jedoch noch immer manch Frauenherz höherschlagen.

„Ich hab mir frei genommen, liebes Marilein."

Bei diesem beinahe gesungenen Wort „Marilein" läuten bei Maria Pietzinger sofort die Alarmglocken.

„Du brauchst mi jetzt gar ned auf den Arm nehmen, Franz! Du woaßt, dass i des ,Marilein' ned mag! Da komm ich mir immer vor wie so a Schafi!"

Ohne den Blick von der Brotzeit zu lassen, greift Franz Pietzinger lächelnd nach seinem Bier und gönnt sich erneut einen kräftigen Zug. Maria wird ungeduldig.

„Franz! Jetzt is drei Nachmittag und du sitzt do, als wenns nix zum Tun gäb! Wenn i ned durch Zufall des Auto im Hof gsehn hätt, dann wüsst i ned amoi, dass du do bist!"

Maria Pietzinger stützt beide Hände in ihre Taille und versucht damit, ihren ein Meter sechzig Körpergröße Gewicht zu verschaffen, doch Franz Pietzinger bleibt gelassen und spricht mit ihr in mildem Ton: „Siehst du, liebes Marilein, was ich immer sag: Hättst ned gschaut, dann wärst jetzt entspannt!"

Franz weiß genau, wie er seine Maria in Rage versetzen kann, denn zu viel Ruhe kann sein Weibi nicht verkraften. Im Innersten scheint er dabei auf drei zu zählen, um lächelnd der Reaktion entgegenzusehen.

„Deine Ruh möchte ich haben, Franz. So entspannt kann ja gar ned gsund sei. Des is ja schon fast übermenschlich."

Maria Pietzinger schüttelt verständnislos ihren mit Dauerwellen verunstalteten Kopf. Noch ist es ihrem Franz nicht aufgefallen, vielleicht ignoriert er auch diese Fehlinvestition an versuchter Verschönerung, die dem, ach so hoch gepriesenen, Starfriseur eindeutig misslungen ist. Einen Bubikopf wollte sie nach all den Jahren – endlich weg von diesem langen, blonden Zopf. Etwas Modernes, Pfiffiges! Und jetzt? Jetzt fühlte sie sich wie die Gruberin vom Hof nebenan, deren Frisur sie nie hatte verstehen können. Diese schrecklichen, kleinen Löckchen. Wie hatte doch der Meister Don Alfredo zu ihr gesagt: ‚Frau Pietzinger, dieser

9

Bob-Schnitt ist gerade total angesagt. Alle Stars sind verrückt danach. Er wird normalerweise ganz glatt getragen, aber in ihrem Fall empfehle ich einen leichten Schwung mit unserem neuen Wellenprodukt! Es wird sensationell werden!'

Und so wurde aus dem leichten Schwung mit dem sensationellen Wellenprodukt ein krauser Lockenkopf für hundertachtzig Euro. Maria startet erneut einen Versuch, mit ihrem Franz ins Gespräch zu kommen.

„Franz, fällt dir eigentlich nix auf, wennst mich so anschaust?"

Franz Pietzinger hebt gemächlich seinen Kopf und mustert, mit polizeilichem Sachverstand, seine Frau. Er betrachtet Maria mit einem wohlwollenden Schmunzeln. Plötzlich stoppt er diese Musterung, als er die neue Haarpracht seiner Frau entdeckt.

„Deine Haar schaun irgendwie anders aus! Stimmts, Maria?"

Maria wird hellhörig und versucht, ihrem Franz eine konkrete Aussage zu entlocken.

„Wie meinst des jetzt, irgendwie anders? Gfall ich dir, oder wie meinst des jetzt?", forscht Maria Pietzinger nach.

Franz Pietzinger gibt sich interessiert und lacht.

„Des ganze Gebilde auf deinem Kopf is halt lockig. So a bisserl afrikanisch. So als wennst eine Perückn aufhättst, wie die vom letzten Hausball beim Lenzi, bloß halt blond und ned schwarz! Wo hast denn die her?"

Maria Pietzinger ist entsetzt.

So extrem schlecht hatte sie ihr Äußeres nun doch

nicht eingeschätzt und versucht, tapfer zu sein.

„Wie? Was hoaßt, wo hastn die her? Franz! Des is koa Perückn! Des san meine eigenen Haar! I hab mir die Haar schneidn lassn!"

Franz Pietzinger wird blass.

„Nicht dein Ernst! Maria! Der Zopf, der schöne, dicke, blonde Zopf, der mich immer an Rapunzel erinnert! Der is jetzt einfach weg? Schnipp, schnapp, ab? Des is a Witz, oder?"

Franz steht auf und fasst Maria kopfschüttelnd in ihre neue Haarpracht.

„Tatsache, die sind weg, die Haar. Maria, was hat dich denn da gritten, dass du diese wunderbaren Haar abschneiden hast lassen?"

Maria greift sich verlegen in ihre Haare und versucht, einige Haarsträhnen in die Länge zu ziehen.

Vergeblich. Am liebsten hätte sie sich versteckt oder wäre für ein paar Monate ausgewandert, um dieser Peinlichkeit zu entgehen.

Franz lässt sich auf seinen Stuhl fallen und bekommt plötzlich einen roten Kopf.

„Was war denn des für ein Pfuscher? Hast du dem was do, Spotzei? Früher amoi? Oder hat er dich bloß ned mögen?"

Maria ist dem Heulen nahe.

„Naa, Franz, wo denkst denn hin! So schlimm siehts jetzt a ned aus. Du übertreibst amoi wieder maßlos."

Aber aus dem gemütlichen Franz, den sonst nichts aus der Ruhe bringen kann, wird plötzlich ein aufgebrachter Ehemann.

„Ich soll maßlos übertreiben? Is des dei Ernst? Warum
stehn dir dann die Tränen in de Augen? Ha? Weilst
deine abgschnittenen Haar vielleicht so schön findst?
Hast dem vielleicht auch noch ein Geld gebn?"
Franz stöhnt.
„Maria, wie kann denn des sei? Sag! Deine schönen,
langen, blonden Haar! Einfach weg! Bloß weil so a
schmalspuriger, schmalziger Möchtegern-Figaro, so a
Hanswurscht, so a elendiger, meiner Frau ind Ohren
gsungen hat, dass sie im Pudellook besser ausschaut!
Naa, naa, naa!"
Maria möchte die Situation retten und spielt das ganze
Desaster etwas herunter.

„Du kennstn ja gar ned, Franz! Des is wirklich a Starfriseur und koa Hanswurscht und scho gar kein schmalziger Möchtegern-Figaro. Bloß dass des woaßt."
Doch Franz Pietzinger ist in voller Fahrt und lässt sich auf keine Kompromisse ein.

„Wie heißt dieser Schnipsler? Wo isn der her? Sag! Sags mir, Maria!"

Maria geht auf und ab und sucht nach Lösungen, die ihren Franz etwas beruhigen könnten.

„Franz, jetzt reg di doch neda so auf! Denk an deinen Blutdruck! Weißt, der Meister Don Alfredo, so hams alle gsagt, der wär ein richtig toller Promi-Friseur. So a Geheimtipp, wo halt die Schickimickis hingehn."

Diese Aussage von Maria Pietzinger ist Öl ins Feuer, denn Franz Pietzinger hat es nicht so mit der Schickeria und er kann es auch partout nicht leiden, wenn jemand von Geheimtipps oder „Alle hams gsagt" spricht.

Die Reaktion lässt daher nicht auf sich warten.

„Wenn ich das schon hör: ‚Alle hams gsagt!' Ich möcht jetzt wissen, wie der Pfuscher heißt. Des is schließlich Körperverletzung, wenn ich mir das jeden Tag anschaun muss. Der Zipfelklatscher, der elendige!"

Maria nimmt ihren Franz in die Arme und schaut ihn an.

„Jetzt gehst aber zu weit, Franz! So kenn ich dich ja gar nicht. Du bist ja ganz ausm Häusl. Aber ich kann dich schon a bisserl beruhigen, auch wennst es jetzt nicht glauben kannst, aber der Don Alfredo hat gsagt, dass die Welle, wenn man sie a bisserl stärker macht, auch länger hält und ich mir so Geld spar. ‚Lieber a bisserl lockiger, als wenn nach zwei Wochen schon wieder alles grad runterhängt!', hat er gsagt. Er hat einen guten Ruf, der Don Alfredo!"

Maria Pietzinger kämpft mit den Tränen. Wut und Zorn über den ihr durchaus bewussten, jäh gescheiterten Versuch, sich und ihrem Mann zu gefallen, brechen durch.

Auch Franz Pietzinger lassen die versteckten Tränen nicht kalt und bringen ihn in Rage.

„Pah! Don Alfredo! Verzeihung! ‚Meister' Don Alfredo! Wenn ich das schon hör, dann weiß ich jetzt, ohne nachzuschaun, dass der Typ Alfred Hinterhuber oder Düpfelmoser heißt. Da könnt ich wetten!

Ich kenns, diese nichtsnutzigen Frauenversteher, die geldgierigen Schaumschläger! Naa, naa, naa!"

Franz schneidet sich ein Stück Schinken ab und legt es wieder zur Seite. Der Appetit ist ihm vergangen.

Auch Maria muss sich ablenken. Enttäuscht über ihr Äußeres geht sie und schnappt sich den Rasenmäher.

„Ich muss jetzt Rasen mähn, Franz. Red ma a anders Mal weiter, des führt jetzt eh zu nix."

Unsanft startet sie den alten Rasenmäher, den ihr Franz zum zehnten Hochzeitstag damals grün angestrichen hatte, und schiebt ihn im rasanten Tempo über das hohe Gras. ‚Du wirst immer an dieses Geschenk denken!', hatte er zu ihr gesagt, und so ist es bis zum heutigen Tage auch geblieben. Allein das scheußliche Grün erhöht bei jedem Gebrauch ihren Puls.

Franz hat sich mittlerweile etwas beruhigt und schaut seiner Frau beim Rasenmähen zu.

„Naja, sie schaut ja gar ned so schlecht aus, mei Maria. So von der Weitn. Alles, wo es hinhört. Bloß hats jetzt halt a Lockn-Kappi auf!", denkt sich Franz und schreit: „Deine Haar wachsn scho wieder, Maria!", als sie mit dem knatternden, scheußlich grünen Rasenmäher an ihm vorbeikommt. „Die wachsn scho wieder, die san wias Gras!"

Maria schiebt stur den Rasenmäher vor sich her und reagiert nicht. Franz schreit ihr erneut hinterher: „Des klappt super, Marei! Des war doch a schönes Hochzeitstagsgeschenk zum Zehnten, gell? Schau, wie gut der immer noch maht. Ich habs dir gsagt, dass du den Rasenmäher lang haben wirst und immer an mich denkst, wennst damit mähst."

Doch der alte Rasenmäher lässt keine Unterhaltung zu. Maria gibt ihrem Franz immer wieder Zeichen, dass sie seine Worte nicht versteht.

„Was sagst, Franz? Ich versteh dich ned!", ruft sie und mäht sich, heulend vor Wut, ihren Frust weg.

Franz hat genug gesehen. Er steht auf und schnappt sich die leere Bierflasche.

„Naa, naa, naa. Da brauchst no oane! Eine geht noch, Franz, des brauchst jetzt nach dem Schock. Mei, schaugt die aus! Des darf ned wahr sein."

Im selben Moment läutet sein Handy mit dem auffälligen Handysignal …

… *sie Amsel, sie bleede* …

„Pietzinger! Ja Servus, Karl! Was gibts? Ich wollt mir grad noch eine Halbe aufmachen. Hallo! Was heißt hier, denkste? Ah, da schau her! Was du nicht sagst.

Das ist nicht lustig. Weiß man schon, wer des is? Ah, die Bäuerin hat ihn identifiziert? Nein, das ist nicht schön. Sinds schon vor Ort, die Herren von der Spurensicherung? Wer? Aha, mein ganz spezieller Freund, der oberschlaue Herr Steinmüller. Bravo, des kann ich heut brauchen. Kann das der Lothar nicht übernehmen? Nicht? Ja ja, is scho recht. Ich komme. Servus, bis gleich!"

Franz nimmt seine Jacke vom Stuhl und redet laut vor sich hin.

„Des a no. Von wegen Feierabend. Franz, des hast dir heut wirklich anders vorgstellt. So mit a bisserl Ruhe und Beschaulichkeit und einem kühlen Bier. Ned a mal zur Brotzeit bist kommen mit dem ganzen Friseur-Schmarrn und jetzt auch noch eine Leiche. Naa, naa, naa."

Franz Pietzinger dreht sich unentschlossen um und ruft seiner Frau zu: „Maria? Maria! So wie es ausschaut, hat dein Super-Friseur Feinde ghabt!"

Maria kann die Zurufe von Franz nicht verstehen. Sie fährt mit finsterer Miene und in rasantem Tempo mit dem lauten Rasenmäher an Franz vorbei.

„Was sagst, Franz? Ich versteh dich doch ned bei dem Krach!"

Franz winkt und ruft seiner Frau hinterher: „Is scho recht, Maria, ich fahr jetzt!"

„Was is, Franz?"

Pietzinger gibt auf und klatscht in die Hände.

„Gut machst es, Maria! Gut Rasen mähen! Des is eh wurscht, was i sag, du hörst mi eh ned", schreit Franz

Pietzinger, winkt mit dem Handy und läuft eilend die Treppe hinunter.

Maria sieht ihren Mann davoneilen und jammert vor sich hin: „So sans, die Männer! Keine Anteilnahme, kein bisserl Trost, ned amoi: ,Maria, des wird scho wieder!' oder ,In ein paar Wochen sieht die Welt wieder anders aus!' oder ,Ich lieb dich auch so, mei Spotzei, du bist doch mein Sonnenschein!'. Nix kommt da, gar nix. Aber wenn die Mannsleit was ham und mir Weiberleit ned ganz genau zuhörn oder trösten, mei, da kannst dir ja was anhörn."

Maria Pietzinger erhöht ihr Schritttempo und schiebt

mit hochrotem Kopf den giftgrünen Rasenmäher weiter durch den Garten. Es fällt ihr auch nicht auf, dass sie einige Bahnen bereits zum zweiten Mal mäht, so sehr ist sie in Gedanken mit der neuen Haarsituation beschäftigt. Das Gaufest steht ja bevor, und ihr abgeschnittener Zopf und die krausen Locken werden mit Sicherheit bei ihren Freunden zum Thema werden. Allein wenn sie an das Getuschel denkt, das bei ihren Freundinnen aufkommen wird, oder die Fragen nach dem abgeschnittenen Zopf.

„Vielleicht setz ich einfach einen Hut auf! Dann brauch ich mir die Fragen und das Gerede ned anhörn und bin ausm Schneider. Ja, Maria, des machst, des is a gute Lösung", sagt Maria laut vor sich hin und plötzlich spürt sie, wie ihre innere Anspannung etwas nachlässt.

Auf dem Huberhof

Franz Pietzinger quetscht sich unterdessen hinter das Lenkrad seines in die Jahre gekommenen Wagens und beginnt laut zu reden. Selbstgespräche während der Fahrt zum Einsatz sind bei ihm ein festes Ritual. So trennt er Privates vom Beruflichen und stimmt sich nebenbei auf den Fall ein.

„In die Odlgrubn hams den schönen Haarverschandler reingschmissn! Mei, es san halt ned alle Männer so geduldig wie ich. Vielleicht hat er ja noch einen Pudellook verkauft? Wie heißt der Ort, wo ich hin muss? Öd? Mei, in dem Nest war ich ja noch nie. Ich wusst ja gar nicht, dass es das hier am Chiemsee überhaupt gibt."

Als Franz in dem abgelegenen Ort ankommt, ist er angenehm überrascht.

„Idyllisch! Nett hams es da, da hörst ja des Gras wachsn, so ruhig und beschaulich is des do, fast paradiesisch. Aber jetzt mit einer Leich in der Grubn. Ja, und da vorn steht ja schon der Herr Kollege Strasser."

Franz parkt sein Auto neben dem Stallgebäude und

geht zu seinem Kollegen.

„Servus, Karl!"

Karl Strasser, Kriminaloberkommissar, steht wartend und wie immer gut gekleidet im Anzug neben einer großen Pfütze, die Franz nicht aus den Augen lässt. Insgeheim hofft er, dass jetzt ein großes Fuhrwerk kommt und mitten durch diese Pfütze fährt, doch die Korrektheit seines Kollegen, der ihm die Hand zum Gruß entgegenreicht, reißt ihn aus seinen schelmischen Gedanken.

„Servus, Franz! Na, hast du dich von deiner Feierabendstimmung losreißen können? Ja, ja, es kommt eben immer anders, als man denkt, lieber Franz."

Franz lächelt gequält und bemüht sich, freundlich zu bleiben. Auf solche Sprüche kann er heute gut und gerne verzichten.

„Irgendwann, lieber Karl, lernst du es auch noch, wie man lustig ist. Sag mir lieber, ob ihr schon Einzelheiten zum Tathergang oder zur Tatzeit habt!"

Strasser übergeht den Seitenhieb und bleibt sachlich.

„Nicht viel, Franz. Laut Spurensicherung dürfte das Opfer mittels einer Sackkarre transportiert worden sein und sich eventuell in einem Kartoffelsack befunden haben, der in der Jauchegrube sichergestellt wurde."

Franz schüttelt den Kopf.

„Das heißt Odlgrubn in Bayern, du Preiß!"

„Von mir aus auch das, Franz. Des Weiteren wurden zahlreiche Kartoffeln gefunden, die eventuell zur Tarnung für die sich eventuell in dem Sack befundene Leiche verwendet wurden."

Beide gehen während der Unterhaltung zur Fundstelle und Franz versucht, den vielen Pfützen auf dem zerfurchten, morastigen Boden auszuweichen.

„Was heißt hier ‚eventuell'? Wars jetzt drin im Sack oder nicht?"

Franz schmunzelt und kann seine Schadenfreude nicht verbergen, als Strasser mit seinen feinen Lederschuhen in eine der vielen Pfützen tritt.

„Verdammt, jetzt hab ich nasse Schuhe! Was hast du gemeint, Franz?"

„Ich hab gfragt, ob die Leiche im Sack gwesen is oder nicht. Und zieh dir halt nicht immer so feine Schühchen an, wenn wir zum Einsatz müssen."

Franz deutet auf die völlig durchnässten, feinen Lederschuhe von Karl, der zähneknirschend diese Tatsache ignoriert.

„Diese Frage konnten uns die Kollegen noch nicht eindeutig beantworten, Franz!"

„Aha! Und weiter, Karl. Was gibts noch, das ich wissen müsste?"

„Das Opfer weist am Hinterkopf eine starke Verletzung auf, die durch einen harten Gegenstand oder durch den Sturz in die Grube zustande gekommen sein könnte. Näheres bekommen wir von der Gerichtsmedizin nicht vor morgen früh", bemüht sich Strasser und fügt sofort seine Empfindung hinzu.

„Also, Franz, unsere Kollegen von der Spusi sind nicht zu beneiden, die an diesem Fund arbeiten müssen. So eine Leiche aus der Jauchegrube, das hat ja schon was sehr Spezielles. Findest du nicht? Allein der Gedanke daran ist für mich schon kaum auszuhalten."

Pietzinger ist in dieser Hinsicht bereits resistent und kann diese Gefühlsempfindung nicht nachvollziehen.

„Aha, der Gestank beschäftigt dich und sonst hast grad noch die Wörter ‚eventuell' und ‚könnte' auf Lager? Mehr ned? Des is aber mehr als dürftig, lieber Karl."

Karl Strasser scheint die Unzufriedenheit seines Chefs über die magere Auskunft nicht sehr zu beeindrucken und er lächelt diese Bemerkung einfach kommentarlos weg. Als die beiden an einem Fenster des Bauernhofes vorbeikommen, bleibt Kollege Strasser stehen und ordnet sich seine dunklen Haare.

„Hallo! Karl, ich hab dich was gfragt. Ob das alles is, ein ‚eventuell' und ein ‚könnte'? Ich hab dich nicht danach gefragt, ob deine Haar richtig sitzen."

So viel Schöngeist ist für Franz definitiv zu viel. Er ist in diesen Dingen Pragmatiker, oft zum Leidwesen seiner Maria.

Strasser lässt sich mit der Antwort auf die Frage Zeit und fährt sich immer wieder durch die Haare, sehr akribisch, bis auch das letzte Strähnchen seinen Platz gefunden hat.

„Ist gut, Franz. Das heißt, nein, Franz, das war nicht alles, denn obwohl es sich bei dem Opfer, circa vierzig Jahre, um einen nicht gar zu kräftigen Mann gehandelt hat, scheinen sich der oder die Täter schwer getan zu haben, da die Reifenabdrücke der Sackkarre sehr tief waren", erklärt Strasser beiläufig.

„Und weiter? Jetzt mach schon, Karl! Weiß man etwas

über die Todeszeit des Opfers?"

Kollege Karl hat endlich seine Haarpracht geordnet und gibt sich konzentriert.

„Also, Franz, nach Angaben des Kollegen Steinmüller von der Spusi liegt die Todeszeit circa vier bis fünf Stunden zurück, also heute zwischen dreizehn und vierzehn Uhr. Genaues erfahren wir aber erst nach der Obduktion!"

Franz geht das alles viel zu langsam und er drängt seinen Kollegen erneut zu mehr Tempo.

„Mei, Karl, jetzt mach weiter. Muss ich dir alles aus der Nasn ziehn? Du bist doch sonst so schlüssig. Habt ihr in dem Salon von dem Don Alfredo schon nachgefragt?"

„Ja, Franz, haben wir. Also, eine Angestellte gab an, dass er sich nach einem Anruf, so gegen halb zwölf, früher als üblich in die Mittagspause verabschiedet hat!"

„Und, weiß man, wer der Anrufer war?"

„Nein, bisher ist nichts bekannt, wird aber nachgeprüft!"

„Sehr gut, Strasser! Fleißig warst! Jetzt klappert ihr das Umfeld ab, Freunde, Verwandte etc.!"

Strasser lächelt.

„Machen wir, Franz! Ich hab alles Nötige bereits veranlasst."

„Bärig, du bist ja heute richtig aktiv und selbständig! Da hätt ich ja gar nicht kommen brauchen, bei so viel Einsatz. Und das alles neben Haar kämmen und Anzug ausbürsteln. Respekt. Das nenn ich multitaskingfähig. Hoffentlich hält des noch a Zeitl an, lieber Karl."

Pietzinger kann sich diesen kleinen Seitenhieb auf die Eitelkeit seines Kollegen nicht verkneifen. Es ist auffallend, dass sich Karl Strasser in dieser Umgebung nicht sehr wohlfühlt. Ständig ist der Kollege bemüht, entweder seine Kleider oder seine Haare zu ordnen. Franz hat für dieses, in seinen Augen völlig unmännliche Verhalten wenig Verständnis und wendet sich der schönen Fassade des alten Bauernhauses zu.

Plötzlich bemerkt er, wie sich am Fenster des Bauernhauses der Vorhang bewegt. Als er seinen Kollegen mit einem kleinen Wink darauf aufmerksam macht, verschwindet der Schatten hinter dem Vorhang.

„Hast es gsehn, Strasser? Wir werden beobachtet. Jetzt müsst man ja meinen, wenn hier in der Pampa, wo es Jahr und Tag auf dem Hof nix zum Sehn gibt, wenn hier also eine Leiche gfunden wird, dass es da einen riesen Aufmarsch geben müsst. Findst ned, Strasser? Aber anscheinend interessiert sich hier keine Sau für diese Leiche. Weit und breit kein Mensch, außer unsre Leut. Des is doch auf dem Land sehr ungewöhnlich. Da schaut doch sonst jeder auf jeden, damit die Neuigkeiten ned ausgehn. Fällt dir des nicht auf, Karl? Aber seis drum, was ich dich noch fragen wollt: „Hast du schon recherchieren können, ob es eine Ehefrau gibt? War dieser Figaro verheiratet?"

Karl Strasser antwortet sofort und freut sich, dass er bereits neue Informationen hat.

„Eine Ehefrau gibt es nicht, Franz, aber einen Fast-Ehemann!"

„Aha, und kennt man den?"

„Nein, Franz, den kennt man noch nicht. Dieser große Unbekannte soll aber ein ziemlich geldiges Kaliber sein. Laut Nachbarin muss das Opfer des Öfteren in eine schwarze Stretchlimousine gestiegen sein, also, dieser Figaro.

Angeblich ist dieses Auto beinahe jeden Abend vor dem Salon gesehen worden. Wir haben glücklicherweise eine sehr aufmerksame Nachbarin gefunden, der dies rein zufällig mehrmals aufgefallen ist."

„Aha, ‚rein zufällig'! Scho wieder ein Zufall!", bemerkt Franz.

„Wie meinst du das? Hattest du heute schon mehrere Zufälle, Franz?"

Pietzinger winkt ab.

„Nein. Vergiss es, Karl, des passt scho, ich hab grad nur laut dacht! Hat dann unsere Zeugin wenigstens so

‚rein zufällig' das Autokennzeichen gelesen oder das Fabrikat des Wagens gekannt? Oder hat sie den Fahrer mal gsehn, die Frau Nachbarin?"

Karl schüttelt den Kopf.

„Das konnte sie uns nicht genau sagen, Franz. Sie hat gemeint, das wär hinter dem Vorhang, den sie zurechtrücken wollte, zu undeutlich gewesen."

„Wie gut, dass die Nachbarin Vorhänge hat!", lästert Franz.

„Solche aufmerksamen Zeugen sind immer besonders wichtig, gell, Karl? Aber was anders: Wie heißt eigentlich unsere Leiche?"

„Der Don Alfredo?"

„Ja, Karl, der! Du willst mir doch nicht ernsthaft sagen, dass der wirklich Don Alfredo heißt?"

„Nein, Franz, natürlich nicht. Also, laut Führerschein heißt er Alfred Donauer. Wohnsitz ist in Gstadt am Chiemsee gemeldet!"

Pietzinger lacht.

„Ha! Ich habs gewusst!"

„Was hast du gewusst, Franz! Kennst du ihn?"

„Nein, Karl, den kenn ich nicht, aber meine Frau! Die war nämlich heut bei ihm und hat mir vorhin, bevor du angrufen hast, das Ergebnis des Meister Don Alfredo vorgestellt", seufzt Franz.

„Und? Wie schaut sie aus, deine Frau? Sehr glücklich scheinst du über diesen Besuch beim Friseur nicht zu sein."

Strasser sieht, wie Franz seine Hände vors Gesicht hält und sich vor Entsetzen schüttelt.

„Erschrick nicht, wenn du meine Maria siehst! Vielleicht würdst sie auf der Straße auch gar nicht erkennen, wenns dir entgegenkommen würde!"

„So schlimm, Franz?"

„Schlimmer, Karl! Viel schlimmer!", Pietzinger schüttelt den Kopf.

„Das klingt nicht gut, Franzl! Erzähl!", fordert der Kollege seinen frustrierten Chef auf.

„Ein Trauerspiel, Strasser, wie aus dem Kino. Also er do, er, der super Starfriseur, dieser Don Alfredo, der vielgelobte Promi-Friseur wollt also meine Maria verschönern. Wohl bemerkt, er ‚wollte‘, was ihm nicht gelungen ist, und von diesem super Schleimer hat sich meine Maria umsingen lassen. Der Showman hat ihr eingred, dass sie ihre Haar schneiden lassen soll, ihren schönen, blonden, langen Zopf. Verstehst? Er hat ihr einfach den schönen, dicken, blonden Zopf abgschnitten. Grausam. Einfach so, schnipp, schnapp und jetzt schaust sie dir mal an. Unfassbar, Karl, eine Tragödie, da tun dir die Augen weh, ich versprechs dir!"

Kollege Strasser zeigt wenig Mitleid und wittert ein Motiv, das er wortgewandt in einen kleinen Scherz verpackt.

„Ja, Franz, da haben wir doch schon ein Motiv! Wann war denn deine Frau bei dem Alfredo?"

Doch in diesem Punkt versteht Pietzinger heute keinen Spaß.

„Spinnst jetzt, Karl?"

Strasser zieht sofort die Notbremse, als er die Reaktion seines Chefs bemerkt.

„Das war ein Scherz, Franz! Aber vielleicht ist deiner Frau ja etwas aufgefallen? Hat sie dir nicht gesagt, wann sie dort war?", wiederholt sich Strasser.

„Karl, ich weiß nicht, wanns beim Friseur war. Ich schätze mal, heut in der Früh! Gestern hats jedenfalls noch nicht so ausgschaut. Oder doch? Ich frags, wenn ich heim komm, vielleicht hat sie sich bis dahin auch wieder beruhigt, weil im Moment maht sie grad im Garten alles nieder, was grün is!"

Verständnislos schaut der norddeutsche Kollege seinen Chef an und fragt nach.

„Franz, sie maht? Sie macht was?"

Pietzinger versucht, im akzentfreien Hochdeutsch seinem Kollegen zu antworten: „Rasenmähen. Meine Frau mäht den Rasen."

Plötzlich fängt er zu lachen an und schüttelt den Kopf. Pietzinger kann sich nicht beherrschen, als er wieder einmal diesen fragenden Blick seines Kollegen sieht, der immer noch ein großes Problem mit der bayerischen Sprache hat. Strasser fühlt sich ausgelacht und reagiert etwas beleidigt.

„Ist ja schon gut, Franz! Ich habs ja verstanden!"

Glücklicherweise läutet das Handy und unterbricht das peinliche Lachen von Franz.

… sie Amsel, sie bleede …

„Wart bitte, Karl! Ich muss ans Handy! Mei Frau!"

„Mein Gott, Franz, der Klingelton ist ja mehr als peinlich. Hast du immer noch kein anderes Signal? Das nervt so langsam!"

„Nein, Karl, hab ich nicht! Und der Klingelton bleibt

auch. Strasser, jetzt wart halt einen Moment. Ich habs ja gleich. Maria? Servus, Spotzei. Bist fertig mit dem Rasen? Braves Weibi. Was gibts? Ja, ich bin im Einsatz, aber des dauert noch a Zeit, bis ich hier wegkomm! A Pfund Hackfleisch soll ich mitbringen? Und Zwiebel! Is recht, ich schau was geht, Spotzei. Ja? Und an Essig auch noch, is gut! Ja, ich vermiss dich auch. Servus! Ja, Bussi! Ja! Servus!"

Franz steckt sein Handy in die Tasche und schüttelt den Kopf.

„Mei Frau. Fragt, wo ich bleib. Als ob ich beim Wirt sitzn würd und nix anders zu tun hätt, als auf ihren Anruf zu warten. Schön wärs. Sie kommt ned zum Eikaffa! Verschwitzt is vom Rasnmähn und muss erst duschen. Dabei hab ich ghört, dass man mit frischen Locken auf dem Kopf nicht nass werden darf. Weißt, Karl, des kommt nämlich erschwerend zu ihrem Äußeren dazu. Sie trägt jetzt zu allem Übel auch noch Locken, eher a Locken-Kappi! Afrika lässt grüßen, wennst verstehst, was ich meine!

Allein der Gedanke dran, dass wenn ich mich jetzt in der Früh nach ihr umdreh, dass mir dann so ein Mopp entgegenschaut. Mei, da fällt mir ja nix mehr ei. Vor allem bist in dieser Situation ja total hilflos, da kannst jetzt im Moment auch gar nichts dagegen machn, sonst san die Haar ja ganz futsch", jammert Pietzinger.

„Das klingt ja furchtbar, Franz!", meint Kollege Strasser geduldig und hört sich weiter das Klagelied von Franz an.

„Ja, Karl, ganz ernsthaft, wenn sie jetzt so vor mir stehn

würd, also meine Maria, dann wüsst ich im Moment echt nicht, wo ich hinschaun sollt. Aber da muss ich jetzt durch!

Da hilft nur arbeitn und ablenken, damitst kein Vogel griegst, wennst daran denkst. Des is a kleiner Tipp für dich, Strasser, falls du irgendwann einmal mit dieser dritten Art der Verschönerung konfrontiert wirst. Machs wie ich. Bleib einfach ruhig und denk: Alles geht vorbei, auch des!"

Noch ein Pudel

„Wirklich idyllisch ist es hier in Öd. Beinahe paradiesisch", schwärmt Franz und würde sich am liebsten auf die gemütliche Hausbank setzen und sich die langersehnte Brotzeit von einer hübschen Bäuerin bringen lassen.

„Schau, Karl, Katz müsst man sein – die haben ein Leben ... Die werden gestreichelt, bekommen ihr Futter und legen sich auf die Hausbank, ohne dass sie einer fragt, was sie da um die Zeit machen und warum sie nicht in der Arbeit sind."

Sehnsüchtig deutet Franz Pietzinger auf die dicke, graue Katze, die auf der Hausbank vor dem Bauernhaus gemütlich Fellpflege betreibt.

„Weiß man eigentlich, wie dieser Haarverschandler hierher nach Öd kommen is? Steht ja nirgends a Auto rum!", bemerkt Franz und hält dabei sein Gesicht in die Sonne. Genussvoll und mit geschlossenen Augen redet er weiter.

„Mitm Radl wird der ja ned unterwegs gwesen sein –

des is ja nicht grad der nächste Fußweg von Prien da her in dieses Paradies! Was sagen denn die Bauersleut, Karl? Haben die was gsehn oder ghört?"

Franz trennt sich von der warmen Sonne und öffnet wieder die Augen, während Karl Strasser in Richtung Hausbank geht und versucht, die dicke Katze zu streicheln. Unsanft wird er angefaucht und zuckt zusammen. Franz lacht laut auf.

„Strasser, des is fei a bayrische Katz, die scheint deine Herkunft zu riechen. Mei, jetzt schau mi ned so o, des war ein kleiner Spaß!"

Doch der Kollege ist nicht zu Scherzen aufgelegt.

„Sehr witzig, Franz. Sehr, sehr witzig. Ha, ha. Also gut, Franz, die Bäuerin war am Vormittag beim Friseur, wie der Bauer eben angegeben hat!"

Franz Pietzinger fährt sich durch die Haare und denkt mit Schrecken an den abgeschnittenen Zopf seiner Frau.

„Die war auch beim Friseur? Frag sie doch amoi, obs vorher lange Haar oder einen Zopf ghabt hat, wie meine Maria!"

Strasser zeigt wenig Verständnis für diese Bemerkung.

„Sehr witzig! Das würd dir so passen, Franz! Schau, da kommt sie! Die Frau Huber. Dort am Hühnerstall, mit dem roten Kopftuch!"

„Karl, du bist doch so gscheit, jetzt sag mir, warum sich die Frau Huber ein Kopftuch aufsetzt, wenns frisch beim Friseur war? Des drückt doch die ganze Pracht zam!"

Die Antwort auf diese Frage kommt von Kollege Strasser

wie aus der Pistole geschossen:

„Franz! Das müsstest du doch als alter Bayer vom Land wissen! Das Kopftuch wird wegen des Stall- oder Silogeruches getragen, damit die Haare ihn nicht annehmen und frisch bleiben!"

Franz Pietzinger klopft seinem Strasser anerkennend auf den Rücken.

„Erstaunlich, was du als Preiß so alles weißt, Karl. Des fasziniert mich immer wieder!"

„Aufpassen, Franz, aufpassen, was du sagst, Preußen sind sensibel!"

Franz schmunzelt verschmitzt.

„Karl, ich bin mir da ned so sicher, ob des so is, aber seis drum, wir fragen jetzt die Frau Huber, vielleicht ist ihr doch was aufgefallen, bevor wir hier politisch werden."

Die beiden Polizeibeamten gehen zur Bäuerin, die sich trotz mehrmaliger Zurufe eher widerwillig den Beamten zuwendet.

„Frau Huber? Wartens doch bitte einen Moment! Frau Huber!"

„Ja? Was is denn? Herrschaftszeitn, was wollts denn alle heut von mir? Seid ihr zwei a von der Kripo oder wollts ihr mir was verkaffa?"

Die Huber Bäuerin ist sichtlich genervt, und Franz Pietzinger setzt sein schönstes Lächeln auf, um ihrer schlechten Laune etwas Widerstand entgegenzusetzen.

„Grüß Gott. Ich kann sie beruhigen, wir verkaufen nix. Sind sie Frau Theresia Huber?"

„Ja, wer denn sonst? Und wer san dann sie?", herrscht die Huberin den Beamten an.

„Wir sind von der Kripo Chiemsee! Das ist mein Kollege, Oberkommissar Karl Strasser, und ich bin Hauptkommissar Franz Pietzinger."

„Ja und? Was wollens denn noch von mir? Ich hab doch vorhin scho alles gsagt, was gibts denn noch?", antwortet die Bäuerin nicht gerade freundlich.

„Frau Huber, wir hätten da ein paar Fragen zu dem Leichenfund in ihrer Grubn."

Die Bäuerin lässt Franz Pietzinger keine Chance weiterzureden.

„I woaß ned mehrer, als i scho gsagt hab. Und außerdem war i ja gar ned do, als des da passiert is!"

Theresia Huber nimmt ihren Putzkübel und schüttet das Putzwasser direkt neben Karl Strasser auf den Weg.

„Passens a bisserl auf, meine Herrn, mit ihre schönen Schuh, ned dass sie nachher noch nasse Füß ham. Bei uns gehts ned so fein zu wie bei euch im Büro. Da braucht ma Gummistiefel auf dem Hof."

„Danke, Frau Huber, wir denken daran, wenn wir morgen wiederkommen, aber dürften wir erfahren, wo sie sich heut aufgehalten haben?"

Energisch stellt Theresia Huber den Putzkübel auf den Boden und antwortet eher gelangweilt.

„Wenn des alles is, was sie wissen wolln! Des is dann glei beinander, Herr Kommissar. I bin nämlich nach dem Stall, in der Früh, glei zum Friseur! Wissens, wir ham am Wochenende des große Gaufest in Prien und da wollt i mi a bisserl herrichten lassn!"

„Ja, wie mei Frau!", antwortet Franz Pietzinger. Die war heid a beim Friseur! Wo sans denn gwesn, Frau Huber?" Theresia Huber wird etwas unruhig und wischt sich immer wieder ihre Hände an der hellblauen Schürze ab. Ihre Stimme wird etwas leiser.

„Ja, bei dem do, der bei uns in der Odlgrubn glegn is, bin i gwesn."

Die Bäuerin denkt nach und fragt: „Pietzinger, hams gsagt, heißen sie? Dann ist die Maria Pietzinger ihre Frau?"

Franz ist überrascht.

„Ja genau, die Maria Pietzinger, des is mei Frau!" Theresia Huber wird wieder etwas lauter in ihrer Stimme und lacht.

„Ja, die is heid neben mir beim Friseur gsessn. Mei, die Maria, mit ihrem schönen, dicken, blonden Zopf. So was scheens. Des is selten in blond. I hab scho a bisserl zuckt, wie der Don Alfredo ihr den abgschnittn hat!" Franz stellt sich in Gedanken diese Szene vor und ein Schauer läuft über seinen Rücken.

„Ja, Frau Huber, das Bild hab ich in Gedanken direkt vor mir. Da hätt ich auch zuckt, wenn ich des gsehn hätt. Das können sie mir glauben."

„Ja, dann is des also ihre Frau? Die Maria? Mei, die Welt is klein, gell?"

Franz nickt und antwortet: „Ja, des is mei Frau, die Maria, die sich verschönern lassen wollt, aber des is sauber danebengangen, weils jetzt ausschaut wie a Pudl!

Entschuldigens, Frau Huber, das gehört nicht hierher. Ich bin nur noch a bisserl gschockt, wissens!"

Karl Strasser mischt sich ein. Geradezu wichtig erscheint es ihm, sein Interesse an der neuen Frisur mitzuteilen.

„Mein Chef hats mir auch grad erzählt, Frau Huber! Ich bin ganz gespannt, wie seine Frau jetzt ausschaut. Er übertreibt manchmal, aber sie hatte ja wirklich wunderschöne, blonde Haare, die Frau Pietzinger!"

Franz wird ungeduldig.

„Karl! Halt dich da raus! Wolltst du dich nicht auf dem Hof umschaun? Spurensuche, Befragung? Es gibt doch bestimmt noch einiges zu tun."

Karl Strasser verteidigt sich.

„Franz, unsere Kollegen sind fleißig dabei, und zur Befragung ist im Moment, außer den Hubers, ja keiner da!"

„Dann frag die Hühner oder schau in der Grubn nach! Oder sei einfach ruhig!", sagt Franz ärgerlich.

Karl Strasser versucht, seinen nervösen Chef etwas zu beruhigen.

„Ist gut, Franz, ich kann dich ja verstehen! Manche Menschen brauchen eben etwas Zeit, um mit Veränderungen klarzukommen. Das ist ganz normal."

Die Blicke, die Franz auf seinen Kollegen richtet, bringen Strasser sofort zum Schweigen.

Theresia Huber lässt sich davon jedoch nicht beeindrucken und unterstützt etwas mitleidig den jungen Kollegen.

„Des müssens verstehn, Herr Karl …?"

„Strasser! Strasser ist mein Name!"

„Ja, stimmt! Also, Herr Strasser, wissens, mei Josef hat auch so reagiert. Da dürfens ihrem Hauptkommissar nicht bös sein! Schauns a mal her, meine Herren."

Theresia Huber greift sich an den Kopf und zieht mit einem Ruck ihr rotes Kopftuch weg.

„Oh mei!", ruft Franz Pietzinger.

„Noch ein Pudel, aber diesmal ein schwarzer! Ich mein, noch ein angesagter Bob-Schnitt mit leichtem Schwung!"

Die Bäuerin scheint sich ihrer Wirkung voll bewusst zu sein.

„Sie ham ja recht, Herr Kommissar! Wia mei Sepp des gsehn hat, dass mei langer, schwarzer Zopf weg is, da hat er total am Radl draht!"

„Das kenn ich, Frau Huber! Das erfordert höchste Selbstbeherrschung, aber auf allerhöchster Ebene. Und? Was hat er dann gemacht, der Herr Gemahl?"

„Zum Wirt is er gfahrn, Herr Pietzinger. Einfach so, am helllichten Tag. ‚Auf a schnelle Hoibe!', hat er gsagt. Und dass des besser wär, als wenn er dem Friseur die Ohrwaschl abschneidn dad. Ja, und dann war er dahi, also weg, damits ihr Kollege a versteht! Umma zwoa is er dann wiederkumma, also, mei Sepp, und dann hat er sich aufs Kanapee glegt und sich bis umma drei vom Wirt ausgruht."

„Das hat ihm bestimmt gut getan, Frau Huber!", mischt sich Strasser mit sichtlich geheuchelter Anteilnahme ein.

„Du sollst staad sei, Strasser, hab ich gsagt! Und dann,

Frau Huber?"

„Mei, Herr Pietzinger, ich hab dann nimmer nach ihm gschaut, er hat eh nix mit mir gred. Wissens, wenn mei Sepp zwieder is, dann is ausm Weg gehn und nix redn des Beste!"

Franz kann das Gehörte nur zu gut nachvollziehen und kommt nun an den für ihn wichtigen Punkt.

„Und wann haben sie dann die Leiche entdeckt?"

Theresia Huber schaut den Hauptkommissar erstaunt an, so als ob es eine Unverschämtheit wäre, sie das zu fragen.

„Ich, Herr Kommissar? I hab gar nix entdeckt! Wie kommens denn da drauf? Des war ganz anders. Weil so umma hoibe viere hat mei Sepp mir nämlich ganz laut gschrien. Übern ganzen Hof, dass die Hühner davonglaufen sind. So laut hat er gschrien und pfiffn: ‚Theres! Wo bist? Schau, dassd herkommst! Da her zur Grubn, schnell!' Jessas Maria, hab i mir denkt. Wenn mei Sepp a mal des Wort ‚schnell' hernimmt, dann muss scho was sei. I hab dann alles stehn und liegen lassn und bin glei ummi, also nüber grennt, gelaufen halt, für ihren Herrn Strasser, wies in Norddeutschland heißt, und da is mei Mo an der Odlgrubn gstandn. Mei, wie der gschaut hat, als ob ihn der Blitz troffen hätt. Jetzt hat er meinen gstingerten Kartoffelsack gfundn, hab i mir denkt. Des kann mei Sepp nämlich gar ned leidn, wenn i was in die Grubn schmeiß."

Theresia Huber holt tief Luft und erzählt ohne Punkt und Komma weiter.

„Ich hab des ja ned gwusst, dass mein Mann heid odlt.

Vielleicht hat er eine Ablenkung braucht, wegen meine Haar, weil, gsagt hat er nix, dass er odelt, sonst hätt ich den Kartofflsack ja nie im Leben heid ind Grubn gschmissn. Und wie ich dann so neben ihm steh und auf seine Predigt wart, also dass er zum Schimpfen anfängt, da nimmt er mich am Arm und sagt: ‚Da schau her, Theres, was da drin liegt! Ned bloß dei Kartoffel, die da überhaupts ned rein ghörn, sondern auch eine Leich‘, hat er gsagt, mei Sepp. I woaß ned, ob er sich mehrer über die Kartoffel in der Grubn aufgregt hat oder über die Leich. Auf alle Fälle bin i glei davongrennt, wie i des gsehn hab. Gwürgt hats mich, Herr Kommissar, aber wie. ‚Wo rennst denn hin, Theres? Ruf die Polizei!‘, hat mei Sepp mir nachgschrien. Ja, und dann hab ich euch angrufn!“

Theresia Huber wischt sich mit ihrer hellblauen Schürze die Schweißperlen von der Stirn und schaut Franz Pietzinger erwartungsvoll an. Der beobachtet etwas abwesend und schmunzelnd die dicke Katze auf der Hausbank, wie sie sich genüsslich in der Abendsonne räkelt.

„Wars des jetzt, Herr Kriminalhauptkommissar?“, unterbricht Theresia Huber die Idylle.

Franz Pietzinger ist fasziniert.

„Sie ham a schöne Katz, Frau Huber.“

Strasser schaut seinen Chef verwundert an, doch der hört nicht auf zu schwärmen.

„Die hat vielleicht ein Leben …“

Theresia Huber dreht sich um und schaut auf ihre Hausbank.

„So, sie san also begeistert. Des freut mich ja für sie, aber ich hoff, dass sie nicht so müd in den Ermittlungen san. Weil die Katz dort, des is a faules Mistvieh! Die könnens gleich mitnehmen. Die liegt den ganzen Tag auf der Hausbank und in meiner Speis tanzen die Mäus Cha-Cha-Cha. Aber wegen der Katz sans ja ned da, oder, Herr Pietzinger?"

Franz Pietzinger kehrt in die Realität zurück.

„Nein, natürlich nicht, Frau Huber, aber der Anblick war grad so idyllisch, wissens! Da möcht man sich am liebsten dazulegen."

Karl Strasser meldet sich zu Wort, um die Schwärmereien seines Chefs wieder auf den Fall zu lenken.

„Frau Huber, können sie sich vorstellen, wie der Tote in ihre Grube gekommen ist?"

Franz Pietzinger wehrt unfreundlich den gut gemeinten Ansatz seines Kollegen ab.

„Ich mach des schon, Karl! Hör einfach zu!"

Theresia Huber gefällt diese Art und Weise überhaupt nicht.

„Sie san aber a ganz schee streng mit ihrem Kollegen, Herr Pietzinger. Ihr Herr Karl mag mich halt auch was fragen und ned immer bloß danebenstehn. Gell, Herr Strasser?"

Der junge Oberkommissar wirkt verlegen und nickt leicht zustimmend mit dem Kopf.

Gütig und aufmunternd zwinkert Theresia Huber ihm zu und erzählt weiter: „Also meine Herren, wie des passiert sei kann, des woaß i wirklich ned, des is mir sowieso ein Rätsel. Mei Mo hat gsagt: ‚Des darf doch

41

ned wahr sein, von allein is der Super-Friseur da bestimmt nicht reingfallen. So dumm kann sich keiner
anstellen. Dass so was bei uns aufm Land passiert. Der
des gmacht hat, hätt sich auch an anderen Platz aus-
denken können als unser Odlgrubn!' Ja, mei Sepp war
richtig fertig mit den Nerven."

„Frau Huber, ist ihnen im Salon des Opfers heute
vielleicht irgendetwas aufgefallen oder haben sie etwas
beobachtet, das uns weiterhelfen könnt?", erkundigt
sich Pietzinger.

Die Bäuerin schüttelt den Kopf.

„Naa, eigentlich ned, Herr Kommissar. Wie ich an der
Kassn beim Zahlen war, da hat er ans Telefon müssen,
also er do, mei die Leich halt, aber da war er ja no
koane, also, der Don Alfredo, mein ich! ,Einen kleinen
Moment, Frau Huber! Ich bin gleich wieder für sie da!',
hat er gsagt. I glab, des war privat! Ich wollt ja ned
hinhören, aber wenn man direkt danebensteht, lässt
sich des ja nicht vermeiden. Verstehens, Herr Kommissar? Da wird ma ja automatisch Zuhörer, deswegn
is ma ja ned neugierig."

„Das versteh ich doch, Frau Huber, aber haben sie von
dem Gespräch etwas mitbekommen?"

„Ja scho, Herr Pietzinger! ,Schatz' hat er gsagt und ,Für
dich tu ich alles!' Und dass er ein frisches Huhn mit
Gemüse vom Bauernhof holt, und dabei hat er mir
zuzwinkert. Dann hat er wieder ins Telefon gflüstert,
aber des hab ich ned verstandn. Gestrahlt hat er, wie
frisch verliebt. Da könnt sich mei Sepp a Scheibn abschneidn, Herr Kommissar, so liab wie der gred hat!"

„Sind denn irgendwelche Namen gefallen, Frau Huber?", fragt Pietzinger.

„Naa, Herr Kommissar, da hab ich nix ghört. Er, der Don Alfredo, also die Leich halt, hat dann gleich den Hörer aufglegt und gsagt, dass es für mich, zur Feier des Tages, heute einen Spezialpreis gibt! ‚Ja, hams Geburtstag, Herr Alfredo?', hab ich ihn dann gfragt und da hat er gsagt: ‚Aber nein, Frau Huber! Sie sind doch immer so freundlich zu mir, wenn ich auf ihren Hof komme, und außerdem bin ich frisch verliebt und so glücklich!' Wissens, Herr Kommissar, der Don Alfredo kauft in letzter Zeit oft bei mir ein. Ich geb ihm dann manchmal a paar Eier mit, weil er einfach a netter Mo is. Aber dass er mir so einen guten Preis macht, des hätt ich mir dann doch ned denkt. A guter Mensch! ‚Extra für sie, Frau Huber!', hat er dann gsagt und hat mich dabei vor Freud hochghobn."

Theresia Huber strahlt über das ganze Gesicht und man spürt, wie sie die Komplimente des Starfriseurs noch immer beeindrucken.

„‚Aber sagen sie es nicht weiter, Frau Huber! Das ist nur für sie, dieser Spezialpreis!', des hat er dann gflüstert, wegen den andern Kunden, die noch da warn. Wissens, Herr Kommissar, ned dass die nachher auch alle einen Spezialpreis wollen."

„Ja, ich versteh, Frau Huber."

Franz muss sich konzentrieren, um dem Wortschwall der Bäuerin folgen zu können. Auch ertappt er sich, dass er immer wieder in Richtung Hausbank sieht und die dicke Katze um ihr Dasein beneidet.

Routiniert fährt er fort.

„Und? Was hat er dann verlangt? Der Figaro!"

Theresia Huber lacht etwas verlegen und wischt sich erneut die Hände an ihrer Schürze ab.

„Mei, Herr Pietzinger, der Don Alfredo is mir preislich richtig entgegenkommen. Hundertsechzig Euro Spezialpreis, extra nur für mich, des is doch nett von ihm."

Franz Pietzinger fasst sich an sein linkes Ohrläppchen. Ein Zeichen dafür, dass er sich beherrschen muss, um nicht unsachlich zu werden.

„Hundertsechzig Euro, Frau Huber? Für den total angesagten Bob-Schnitt, mit dem leichten Schwung? Respekt, das ist ja fast ein Schnäppchen! Für des, dass sie jetzt ein Kopftuch tragen!"

Diesen kleinen Seitenhieb konnte sich Franz nun doch nicht verkneifen. Er dachte im selben Moment an seine Maria, die wahrscheinlich deutlich mehr für diesen Friseurbesuch bezahlt hatte. Theresia Huber lässt dem Kriminalhauptkommissar jedoch keine Zeit, sich weiter zu ärgern.

„Des Kopftuch meinens, Herr Kommissar? Mei, des is doch wegen dem Silogeruch auf meim Kopf! Wissens."

„Ah! Ja, stimmt. Das hat mir mein Kollege Strasser ja auch schon erklärt! Und sinds danach dann gleich heim, Frau Huber?"

„Ja, scho, Herr Pietzinger. Der Don Alfredo hat nämlich gsagt, dass er nachher gleich bei mir aufm Hof vorbeischaun möcht und ob ich ihm auf Mittag dann a Hendl herrichten könnt. Salat wollt er auch noch und ois, was ich grad so an Gemüse da hätt. Dann hat er mir

meinen schwarzen Zopf einpackt und gsehn, dass der von ihrer Frau a noch daliegt. ‚Oh, die Frau Pietzinger hat ihren blonden Zopf vergessen!‘, hat er gsagt.

Des war ihm richtig arg, aber ich hab dann gsagt: ‚Den könnens mir mitgeben. Die Maria seh ich öfter und den Zopf kann ich ihr leicht mitnehmen.‘ Des war ihm dann sehr recht. ‚Bis nachher, Frau Huber!‘, hat er dann gsagt und ‚Sie sehen fantastisch aus in ihrem neuen Look!‘ Mei, des hat mich so gfreut. Ich war stolz wie ein Schwan. Weil sonst koa Mensch zu mir sagt, dass ich fantastisch ausseh.“

„Das hat er gsagt, Frau Huber?"

„Ja, Herr Kommissar! Das hat gut tan! So lang hat mir das gut tan, bis mich dann mei Oida, also mei Sepp, dahoam wieder auf den Boden der Tatsachen gstellt hat und mich gfragt hat, ob i noch ned in den Spiegel gschaut hab, oder ob ich was mit den Augen hätt. Des andere, was er noch alles gsagt hat, vergess ich lieber. Aber davor bin ich mir wie die schönste Frau auf der ganzen Welt vorkommen, des könnens mir glauben!"

Franz Pietzinger fasst sich an sein Ohrläppchen und denkt sich, dass seine Maria bestimmt auf den gleichen Schmäh reingefallen ist.

„Dafür hams ja auch genug bezahlt, Frau Huber, wenn ich das so sagen darf!", bemerkt Pietzinger sachlich.

„Aber um welche Zeit ist dann der Starfriseur zu ihnen auf den Hof kommen?"

Theresia Huber antwortet etwas aufgebracht: „Ja, des hab ich doch schon angegeben, als mich ihr Kollege gefragt hat. Gar nicht ist er kommen, Herr Pietzinger. Ich hab ihn erst wieder in der Odlgrubn liegen sehn. Die Bestellung liegt noch in der Speis. Deswegen hab ich ja vorhin mit ihrer Frau telefoniert und sie gfragt, ob sie die Bestellung ned haben möcht, aber da hats gsagt, sie hätt ihnen scho a Hackfleisch zum Mitbringen angschafft!"

„Ja, da schau her!", wundert sich Pietzinger. „Da hats mir vorhin am Telefon gar nix gsagt, mei Maria!"

Franz Pietzinger dreht sich unvermittelt um und schaut in die warme Abendsonne. Das nimmt ihm die innere Spannung etwas weg.

„Einfach herrlich!", schwärmt er.

„Man kann sich von so einer Hauskatz viel abschaun und wenns nur drei Minuten sind, in denen man sich die Sonne auf den Pelz scheinen lässt. Schön haben sie es hier, Frau Huber. Richtig schön. Findst nicht auch, Strasser?"

Karl Strasser kann seinen Chef heute nicht richtig einschätzen, denn normalerweise ist Franz Pietzinger immer korrekt und sehr sachlich am Tatort. Heute scheint ein absoluter Ausnahmefall zu sein. Auch Frau Huber schaut den Kriminalhauptkommissar etwas verwundert an.

„Des freut mich, Herr Pietzinger, wenn es ihnen hier auf dem Hof so gut gefällt. Wir ham auch Ferienzimmer, wenn sie mal Urlaub machen wollen."

Meine Frau, das unbekannte Wesen

„Theres?"

„Wartens kurz, Herr Kommissar, mei Mo schreit nach mir."

Theresia Huber dreht sich um und sieht ihren rufenden Mann am Stallgebäude stehen.

„Sepp! I bin grad mitm Kommissar am Redn. Was is?"

Der Bauer schreit lautstark zurück: „Ja, was wird wohl sei! Die Küh wartn!"

Im schnellen Schritt kommt er über den Hof marschiert und herrscht seine Frau an: „Wo bleibstn, Theres?"

Theresia Huber versucht, den groben Ton ihres Mannes zu unterbrechen.

„Mein Mann kennens ja bestimmt schon, Herr Kommissar!"

„Nein, den kenn ich noch nicht! Grüß Gott, Pietzinger ist mein Name, Kripo Chiemsee!"

„Huber! Habe die Ehre!", mault der Bauer vor sich hin und gibt sich Mühe, seinen Stallhut zum Gruß kurz vom Kopf zu nehmen.

„An sie, Herr Huber, hätt ich nachher noch ein paar Fragen, wenns a bisserl Zeit hättn!"

Josef Huber schaut seine Frau genervt an, holt sich seine alte Schnupftabaksdose aus der Hosentasche und legt sich eine Prise zwischen Daumen und Zeigefinger auf.

„Zeit hob i koane, i muss zurück in Stall. Mit dem Schmarrn do kommt alles durchanander. Sie hörn ja, wia die Küh plärrn. Da müssens schon mit mir kommen. Möchtens auch eine Brisn von meinem Schnupftabak, Herr Kommissar? Des macht den Kopf frei."

Im selben Moment zieht sich der Bauer den Schnupftabak in die Nase, um kurz darauf lautstark in ein schmutziges, einst weißes Taschentuch zu schnäuzen. Dieser Anblick ist nichts für Kollege Strasser, der sich schützend abwendet. Franz lehnt dankend das Angebot auf eine Prise Schnupftabak ab.

„Nein danke, Herr Huber, ich habs nicht so mit dem Schnupftabak, aber wir können gerne zusammen in den Stall gehen, kein Problem."

„Ja, dann geh i derweil scho mal nüber. I hab jetzt koa Zeit mehr zum Ratschn. Wenn ihr drei fertig seids, dann kommts ummi."

Der Bauer schnäuzt sich noch einmal kräftig, mault erneut vor sich hin und stapft mit seinen quietschenden Gummistiefeln quer über den Hof, zurück in den Stall.

„Bei ihnen, Frau Huber, wars das zunächst."

Pietzinger entlässt die Bäuerin aus der Befragung.

Theresia Huber wirkt erleichtert und sie vergräbt ihre Hände in den Taschen der hellblauen Küchenschürze.

„Is recht, Herr Kommissar. Dann sagens ihrer Maria liebe Grüß von der Theres. Sie woaß dann scho!"

Franz Pietzinger möchte es nun doch noch etwas genauer wissen.

„Kennen sie eigentlich meine Frau näher, Frau Huber?"

Theresia Huber wirkt überrascht.

„Ja freilich, Herr Kommissar. Mir ham uns doch schon vor ettla Jahr in Rosenheim aufm Herbstfest beim Bedienen im Bierzelt kennenglernt. Ja, und seit der Zeit kenn ma uns. Hats ihnen denn nix erzählt, dass wir uns ab und zu hier bei mir auf a Haferl Kaffee und einen kleinen Ratsch treffen? Des wundert mi."

Franz Pietzinger ist erstaunt und sinniert: „Meine Frau, das unbekannte Wesen. Nein, Frau Huber, das hat sie nicht!"

„Mei, Herr Kommissar, vielleicht hams ja ned zu ghört. Mei Sepp der hört a oft ned alles, was ich ihm so übern Tag erzähl!"

Franz lächelt gequält, da er im Moment, bei jedem Gedanken an seine Maria, das Schreckensbild ihrer abgeschnittenen Haare vor Augen hat.

„Ich bin zwar immer ein guter Zuhörer meiner Frau, aber vielleicht hab ich das doch überhört, Frau Huber!"

„Des kann leicht sein, Herr Kommissar, des is ja ned schlimm. Und letzte Woch, wie sie da bei mir war, ihre Maria, da ham wir vom Don Alfredo gred und dass die Geldigen aus Prien und sogar aus Minga, also München, damits der Herr Strasser wieder versteht, dorthin gehn. Des hat mir der Don Alfredo immer wieder gern erzählt, wenn er do bei uns a mal wieder einkauft hat.

50

Grad gschwärmt hat er, wenn so a Promi in Prien bei ihm gwesn is. Ihre Frau hat des auch neugierig gmacht, wie sie des ghört hat, dass da so viele Prominente hingehn. Da wollts auch hin, hats gsagt, und ich hab mir denkt, dass des auch bei mir eine gute Investition wär. Wissens, fürs Gaufest. Schönheitstechnisch, also, für meinen Kopf. Für meine Haar halt, wenns verstehen, Herr Kommissar!"

Theresia Huber kommt etwas durcheinander, aber Pietzinger weiß genau, was sie meint.

„Ich verstehe, Frau Huber, ich verstehe! Theoretisch war des ja ein guter Ansatz, bloß mit der Praxis hats halt nicht so gut hin ghaut."

Die Bäuerin übergeht diesen Seitenhieb von Franz und redet einfach weiter, als ob sie nicht zugehört hätte.

„Ja genau, und heid ham ma uns, also ihre Frau und ich, zufällig dort troffen!"

„Zufällig! Aha! Frau Huber, ich hab mal ghört, dass es keine Zufälle gibt!", behauptet Pietzinger, doch Theresia Huber unterstreicht die Richtigkeit dieses Zufalls.

„Doch, Herr Kommissar, des war wirklich reiner Zufall! Des könnens mir ruhig glauben, wirklich wahr."

Kollege Strasser nimmt sich ein Herz und unterstützt die Bäuerin mit einem seiner klugen Kommentare.

„Das kann doch ohne weiteres sein, Franz! Es gibt Dinge, die können wir einfach nicht erklären und nennen es Zufall."

Doch Pietzinger ist heute gnadenlos und lässt ihm keine Chance.

„Du wolltest doch zuhörn, Karl. Keiner hat was gsagt, dass du jetzt philosophisch werden sollst. Des verlangt wirklich keiner von dir. Nur zuhörn sollst und aufpassn, dass ich nix vergess!"

Theresia Huber verteidigt Oberkommissar Strasser.

„Da hat ihr Kollege schon recht, Herr Pietzinger, des war so, wie ichs gsagt hab. Ich hab mich narrisch gfreut, als ich ihre Maria gsehn hab und dass wir a no nebeneinander gsessen sind! Wissens, dann muss man nicht so durch den Salon plärrn, wenn einem was einfällt, und mir ham immer viel zum Ratschn."

Mit dem Bild seiner Maria vor Augen stellt sich Franz die Szene der „Viel-Plauderei" im Salon des Don Alfredo vor. Frauen im Dunstkreis der Schickimickis, bei Prosecco mit Chichi und Trara. Und sein Spotzei mitten drin. Diese Vorstellung erhöht seinen Blutdruck, zumal er sich auch diese Unsummen an Kosten ausmalt, die hier über den Ladentisch gehen. Doch Franz ist Profi und gibt sich einen Ruck, um mit der Befragung fortfahren zu können.

„Das glaub ich, Frau Huber, dass ihr da eine fetzen Gaudi ghabt habt. Das kann ich mir sogar richtig bildlich vorstellen. Aber wie kommt es dann, dass sie mir nicht gleich gsagt ham, dass sie meine Frau näher kennen?"

Theresia Huber greift erneut nach ihrer, mittlerweile sehr zerknitterten, hellblauen Schürze, um sich ihre Hände, zum wiederholten Male, daran abzureiben.

Schlagfertig, aber mit unsicherer Stimme, antwortet sie dem Kriminalhauptkommissar.

„Sie ham mich ja jetzt erst danach gfragt und des is ja privat und ghört ja ned zu dem Fall, Herr Kommissar. Seins ma jetzt aber ned bös, ich muss jetzt wirklich meim Sepp im Stall helfen! Hams ned gsagt, dass sie ihn auch noch was fragen wolltn?", lenkt die Bäuerin geschickt vom Thema ab und zeigt mit der Hand in Richtung Stallgebäude.

„Na, dann gehens gleich mit, wir müssen bloß schaun, dass wir an den vielen Bandl von den Absperrungen ihrer Kollegen vorbeikommen!"

Pietzinger erklärt diese Notwendigkeit umgehend: „Das muss sein, Frau Huber, damit die Herren von der Spurensicherung nicht auch noch unsere Schuhabdrücke untersuchen müssen. Schauns, da is für uns ein kleines

Wegerl frei, da passen wir zwei leicht durch – so schlank wie wir sind, Frau Huber."

„Sie san ja richtig nett, Herr Kommissar! Findens nicht auch, Herr Strasser?", schwärmt Theresia Huber.

Kollege Strasser stapft hochkonzentriert hinter den beiden her, damit seine feinen Schuhe nicht ruiniert werden.

„Wenn er will, kann er das schon sein, Frau Huber, nicht wahr, Franz?", antwortet Strasser vorsichtig und wird von seinem Chef sofort zurechtgewiesen.

„Strasser, du bist staad und schaust dich noch a bisserl um. Danach fährst zu meiner Frau und befragst sie zu dem Fall!"

„Ja, Chef, geht klar!", antwortet Karl erleichtert und nimmt sich vor, in Zukunft Gummistiefel in sein Auto zu legen.

„Soll ich das Hackfleisch und den Essig auch gleich mitnehmen?"

Franz wird grantig und kann sich kaum beherrschen. So privat und unsensibel, wie sich sein Kollege hier bei einem Leichenfund zeigt, das kann er nicht dulden.

„Spinnst jetzt? Du bist im Dienst, das ist doch kein privater Ausflug, Karl!"

Karl Strasser ist um Schadensbegrenzung bemüht.

„Ist ja gut, Franz! War ja nur ein Versuch, höflich zu sein! Mann, bist du aber schlecht gelaunt. Das ist ja fast nicht auszuhalten!"

„Bleib sachlich, Karl. In Bayern sagt man: ‚A Guader hälts aus!' Ich befrag jetzt noch den Herrn Huber und mach dann Schluss für heut. Funkst mich übers Handy an, falls noch was sein sollte!"

„Ja, mach ich, Franz!"

Kollege Strasser ist froh, aus dem Fokus seines Chefs zu kommen und geht eilend aus der Schussweite. So hat er den sonst ruhigen Franz noch nie erlebt. In all den Jahren nicht, in denen sie bisher zusammenge-arbeitet haben. Heute scheint eine absolute Ausnah-mesituation zu sein, die dem jungen Kollegen viel Toleranz abverlangt.

Strasser sieht sich das gepflegte Anwesen der Familie Huber etwas genauer an. Nicht umsonst hat der Hof eine Auszeichnung für den schönsten Hof im Chiem-gau bekommen. Die blühenden Geranien reichen fast meterlang über die Balkone herunter und die kleinen, beschaulichen Sitzgelegenheiten laden nicht nur Ferien-gäste oder Hauskatzen zum Verweilen ein.

Am liebsten würde er sich hinsetzen und den Rest des Tages hier verbringen. Die Darstellung im Internet wurde also nicht übertrieben dargestellt. Das hat Karl bereits registriert. Alles scheint hier sehr professionell zu sein. Weit und breit keine Spuren.

Nicht der kleinste Hinweis.

Des kann doch kein Unfall gwesen sein

Während Strasser sich um Hinweise und Spuren-
sicherung kümmert, ist Franz im Stall angekommen.
„Herr Huber? Wo sinds denn?"
Etwas freundlicher als zuvor antwortet der Bauer aus
der hintersten Ecke des Kuhstalls.
„Do hintn bin i, beim Ausmisten!"
Franz geht an den Kühen vorbei, die ihn muhend be-
grüßen und das frische Gras fressen, das vor ihnen auf
dem Boden liegt.
„Ich möcht sie nicht lang aufhalten, Herr Huber", ruft
Franz Pietzinger durch die laute Geräuschkulisse des
Stalles.
„I lass mi eh ned aufhalten, i möcht heid no raus ausm
Stall", plärrt der Bauer zurück.
„Was möchtens denn wissn? Fragens, Herr Kommissar.
Wenn i nebenher weiterarbeitn darf?"
Franz sucht sich neben dem Bauern einen sicheren
Platz, um nicht im Weg zu stehen.
„Ist ihnen hier auf dem Hof heut was Bsonders auf-

gfallen, Herr Huber? Oder hams jemand gsehn?"

Ohne den Blick von seiner Arbeit zu wenden, steckt Josef Huber die Heugabel in das Grünfutter und wirft jeder Kuh eine große Menge saftiges Gras vor ihr Maul.

„Ob ich jemand gsehn hab? Naa, eigentlich ned. Nix Bsonders is heut gwesn, Herr Kommissar. I war am Vormittag in der Werkstatt und hab die Weidepfosten hergricht. Wissens, die Maschin is ziemlich laut, da hört ma nix rund umma dum. Bis umma zehne is aufm Hof nix los gwesn, da wars noch recht staad, aber dann hams sich alle die Klinke ind Hand gebn."

Franz Pietzinger lässt die Kuh neben sich nicht aus den Augen. Immer wieder bewegt sie sich hin und her und es hat den Anschein, dass sie sich sehr für den Hauptkommissar interessiert. Der Platz an dieser Stelle des Stalles ist sehr begrenzt, umso schneller stellt Franz seine Fragen, damit er aus dieser unübersichtlichen Ecke wieder rauskommt.

„Wer ist denn heut aufm Hof gwesn, Herr Huber?"

Der Bauer zieht sein altes Taschentuch heraus und schnäuzt sich. Die Kuh neben Franz Pietzinger scheint schreckhaft zu sein und reagiert auf dieses Geräusch sofort mit einem unkontrollierten Schritt in seine Richtung.

„Pietzinger, gehens a bissl aufd Seitn, die Irmi, neben der sie grad stehn, die is a bisserl schreckhaft. Ned, dass sie tretn duad."

Franz springt auf die Seite und stellt sich dicht an die Stallwand.

„Jetzt muss i aber erst kurz überlegen, wer heid alles da

gwesn is. Wartens, dass i nix Falsches sag", ruft der Bauer Pietzinger zu.

„Also, die Erste war die Staber Kathi, die wollt an Kas, dann is die Mesnerin kommen und hat um an Honig gfragt."

Josef Huber zählt mit den Fingern mit.

„Die Weberin hat das bestellte Lammfell abgholt und die Wirts Renate hat fürn Buam a Namenstagsgschenkerl abgebn. Ja, und die Berta vom Zensn Hof is a no da gwesn und hat der Theres ihr Dirndl bracht. Dabei sollts was arbeitn. Fünfe warns, wenn i recht mitzählt hab. Pietzinger, es is zugangen wie im Taubenschlag, aber die Gnädige muss ja beim Friseur sitzen, als wenns koa Arbeit gäb. Jahr und Tag wars ned beim Friseur und ois hat passt. Schee wars, mei Theres, mit ihrem langen, schwarzen Zopf. Und jetzt? Jetzt hats a rotes Kopftuch auf, damit ma den Pfusch ned sigt."

Der Bauer schüttelt immer wieder den Kopf und kann sich nicht beruhigen.

„Über Tote soll ma ja ned schlecht redn, Herr Kommissar, aber den Krampf, den der do fabriziert hat, dieser Figaro, den hätt i a no zambracht und des hätt nix kost! Ich möcht wirklich ned wissen, was mei Theres für den Schmarrn zahlt hat!"

Franz muss schmunzeln, da er den Bauern nach der ersten Begegnung nicht so redselig eingeschätzt hat.

„Das möchtens bestimmt nicht wissen, Herr Huber, glauben sie mir."

Josef Huber wird zunehmend freundlicher und umgänglicher im Ton.

„I frag a ned nach, Herr Kommissar, sonst reg i mi no mehrer auf!"

„Da habens recht, Herr Huber. Und sonst war niemand aufm Hof? Oder ist ihnen etwas aufgefallen? Hams Geräusche oder Rufe gehört?"

Nachdenklich streichelt der Bauer eine seiner Kühe am Rücken.

„Naa, i hab keine Geräusche und keine Rufe ghört ... Pietzinger, wartens, mir fällt grad ein, dass ihre Frau a no da gwesn is. Dann sinds heid also sechse gwesn, die bis Mittag aufm Hof da warn. Ihr Frau muss kurz nach meiner Theres kommen sein. I hab ned mit ihr gred, die zwei ham ja sofort die Köpf zamgsteckt. Des war, nachdem i mei Frau mit den abgschnittenen Haar gsehn hab und sie sauber zamgschimpft hab. I bin dann in die Küch, hab was gessn und danach glei zum Wirt, damit i mir des Elend ned länger anschaun muss. Die Ihrige hat aber genauso ausgschaut, Herr Kommissar, wenn i des sagen darf, bloß in hell!"

Franz sieht seine Maria wieder vor seinem geistigen Auge und schüttelt sich.

„Ja grausig! Ich weiß, Herr Huber. Aber Gott sei Dank verwächst sich das wieder und unser Wirt freut sich, wenn wir jetzt, in dieser schweren Zeit, öfter zu ihm kommen!"

„Ja, da hams recht, Herr Kommissar, so eine kleine Heimat für uns Männer, mit einer Mass Bier oder zwei, das hilft in den harten Stunden über vieles hinweg!"

Beide Männer schauen sich an und nicken sich zu. Franz hat genug für heute und beendet die Befragung im Stall.

„Dankschön, Herr Huber. Das wärs dann im Moment. Falls ihnen noch etwas einfällt, hab ich für sie hier meine Karte. Unter dieser Nummer bin ich jederzeit erreichbar. Aber halt! Fast hätte ichs vergessen! Wie viele Personen leben eigentlich auf ihrem Hof?"

Josef Huber stützt sich auf seine Heugabel und beginnt aufzuzählen.

„Also, Herr Kommissar, des ham ma gleich. Der Josef Huber, also, des bin ich, dann mei Frau, die Theres, also Theresia Huber, die kennens ja schon. Mei Bap, also mei Vater, der Josef Huber senior, mit fünfund-siebzge. Der is übrigens heid scho vor achte Richtung Prien. Mit dem Schützenverein is der aufm Ausflug zum Schloss Herrenchiemsee unterwegs. Der alte Ludwig-Verehrer. Und dann unser Bua, der Seppi, der is zwanzge. Des is leider unser einziges Kind. Wir hätten gern mehrer ghabt, aber es war uns leider ned vergönnt. Grad der, also unser Bua, der muss unbedingt in Regensburg Jura studiern. Der is bloß am Wochen-end oder wie jetzt in den Semesterferien daheim. Aber glaubens ned, dass der gnädige Herr mir do am Hof hilft. Naa, er muss mitm Radl Backerl ausfahrn, ein Ferienjob, wegen dem Fitness. Als wenn wir do am Hof ned Fitness gnug hättn. Aber mei, was soll ich viel redn, des hilft eh nix. Der is von der Früh bis aufd Nacht immer unterwegs."

Josef Huber fängt plötzlich an zu husten und kann fast nicht mehr weitersprechen. Pietzinger klopft ihm auf den Rücken, wie bei einem Kind, das sich verschluckt hat, bis der Bauer abwinkt und die Hustenattacke vorbei ist.

„Sans erkältet, Herr Huber? Des klingt aber ned gut, ihr Husten."

Der Bauer spuckt auf den Boden und schüttelt den Kopf.

„Naa, Pietzinger, des is halt vom Rauch. Woaßt, von der Pfeifn. I dobel halt manchmal a bisserl zu viel und dann is glei der Husten do. Mei Theres, die schimpft a, weils den Gruch gar ned mag, aber mei, so hat halt jeder a Laster. Und sie essen bestimmt gern, oder?"

Franz Pietzinger lächelt und denkt dabei an seine wunderbare Brotzeit, die zuhause fast unberührt noch auf dem Tisch steht.

„Ja, da hams recht, Herr Huber. So ein Schweiners ist nicht zu verachten. Des is schon was Gutes, mit einer Mass dazu. Wir wissen halt, was schmeckt, gell?"

Dem Bauern scheint noch etwas eingefallen zu sein.

„Pietzinger, jetzt hätt i dem Buam sein Sascha fast vergessen. Sie ham mi doch gfragt, wer alles da auf dem Hof wohnt. Also, des Model, wie sie immer zu ihm sagen, der wohnt a no bei uns, wenn der Bua da is. So schee find ich ihn zwar ned, aber mei Seppi is ganz vernarrt in sein ‚Augenstern'. Wenns wissen, was ich meine. Den Sascha hab i übrigens heid bei uns aufm Hof im Maserati sitzn sehn. Der hat bestimmt auf mein Buam gwart, bis der von seiner Backerl-Tour wieder zruck war!"

Franz Pietzinger möchte dem Bauern eine Frage stellen, doch der lässt ihn nicht zu Wort kommen.

„Mögens zwischendurch a hoibe Bier, Pietzinger? So a richtig schöne kalte Halbe, damit uns der Mund ned so austrocknet?"

Franz läuft das Wasser im Mund zusammen, so verlockend ist das Angebot, aber Dienst ist Dienst.

„Dankschön, Herr Huber, aber ich bin im Dienst und fahrn muss ich auch noch. Aber verlockend, sehr verlockend, das muss ich zugeben. Warum ist der Freund von ihrem Sohn denn nicht zu ihnen reinkommen? Verstehn sie sich nicht mit ihm?"

Der Bauer steht hinter einer wuchtigen Kuh und ruft über ihren Rücken hinweg: „Naa, wir verstehn uns schon, aber vielleicht hat er ned mögen. Oder er hat sich denkt, dass er mir beim Arbeitn helfn muss. Da könnt man sich ja die feinen Händ dreckert macha. Weil, mit dem Helfn hat er es neda so, wissens, Herr Kommissar!"

Franz bemüht sich, lauter zu sprechen, denn die Kühe hier im Stall können sich nicht beruhigen und scheinen seine Anwesenheit heftig zu diskutieren.

„Wann hams denn den Maserati stehn sehn?", schreit Franz zurück. Josef Huber schaut kurz auf, überlegt und sticht wortlos in einen Heuhaufen, um die aufgeregten Kühe zu füttern.

„Ja, so um die Mittagszeit wird des gwesn sei", plärrt er zurück. „Ich hab grad noch meinen Seppi gsehn, wie ich in die Küch kommen bin. Dem hats ja wie immer pressiert. Er müsst sich schnell umziehn, weil sein Sascha draußen im Auto wart. Hat er gsagt."

Um nicht mehr so schreien zu müssen, kommt der

Huber Bauer näher, da seine Stimme immer wieder versagt und durch Hustenattacken unterbrochen wird.

„Wissens, Herr Kommissar, der Sascha is im Moment dem Don Alfredo sei Fahrer. Dem Starfriseur hams nämlich letzte Woch wegen dem weißen Pulver, was er gschnupft haben soll, den Führerschein zwickt. Sagen die Leit. Obs stimmt, wissen bestimmt ihre Leit. Auf jeden Fall hat der Sascha den Don Alfredo überall hingfahrn. Meim Buam war des gar ned recht, weil der Friseur dem Sascha immer schöne Augen gmacht hat. Des hat mei Bua gsagt und des hat ihm sauber gstunkn. Mir wärs ja recht gwesn, der Promi-Friseur wär gut weida gwesn", bemerkt Josef Huber etwas unüberlegt und Franz weist ihn gleich auf das Geschehen hin.

„Das ist er jetzt auch, Herr Huber, und zwar für immer, aber wissen sie, wo dieser Augenstern wohnt und wie er sich schreibt?"

„Ja, des stimmt, Herr Kommissar. Der is jetzt wirklich für immer weida!", antwortet der Bauer etwas unsensibel.

„Und wie der hoaßt, wollens wissen? I glab, dass der sich Sascha Adamek schreibt. Ja, und wenn er ned grad bei uns wohnt, dann lebt er auf der Fraueninsel." Franz hakt nach.

„Ist der Adamek auf der Insel aufgewachsen, Herr Huber?"

„Naa, Pietzinger, wo denkens denn hin. Der Sascha war doch bis vor einem halben Jahr noch Saisonkellner auf der Insel, aber wo der herkommen is, des woaß koaner so richtig. Unser Bua hat bloß erzählt, dass den

Sascha so a Modelsucher, der auf Urlaub am Chiemsee war, entdeckt hat. Aber mit der Karriere wars ned weit her. Wenns mich fragen, hat der oide Entdecker den Sascha bloß ködert, damit er an ihn hinkommt. Und wie der Modelsucher dann gmerkt hat, dass mei Seppi der Augenstern vom Sascha is, mei, da wars gleich aus mit der Karriere und der großen weiten Welt mit den super Aufträgen."

Der Bauer zuckt mit den Schultern, während er in aller Seelenruhe das Melkgeschirr bei der laut muhenden Kuh anbringt. Franz muss sich gedulden, bis das Gespräch fortgeführt werden kann, und hält sich lieber in einer respektvollen Entfernung zu diesem monströsen und sehr unruhigen Tier auf.

„Ja, da hams recht, Pietzinger, dass sie a bisserl aufd Seitn gehen und Abstand halten. Mit der Lisl is ned zum Spaßen. Die hat mi scho zum zweiten Mal tretn, des Mistvieh."

Kurz darauf knüpft der Bauer an das Gespräch wieder an.

„Wo san mir stehnblieben? Ja, bei dem Sascha und dass es mit der Karriere ned so weit hin war. Genau. Mei, jetzt verdient sich der halt sei Geld mit so einem Stretchlimo-Service für Hochzeiten oder Partys. ‚Des is doch auch so was Ungewisses und nix Gscheits, auf Dauer', hab ich zu unserm Buam gsagt, ‚wo wir doch jede Hand da aufm Hof brauchen können.' Aber der feine Herr Sascha is sich halt zu schad für die Arbeit bei uns."

Josef Huber findet in seinen Erzählungen kein Ende

und Franz hilft ihm das Melkgeschirr zur nächsten Kuh zu tragen.

„Mei, Herr Kommissar, die Theres und i, mir ham uns ja dran gwöhnt, dass unser Bua in den Sascha so vernarrt is, aber mei Bap, also mei Vater, der is ned gut auf ihn zu sprechen. ‚Der Sascha is a Hallodri und koa Guada! So ein Faulenzer!‘, sagt er immer.

Der Bauer nimmt sein Taschentuch aus der Hose und wischt sich damit die Schweißperlen von der Stirn.

„Wissens, Pietzinger, der Bap hat sich halt einen Erben für den Hof gwünscht und, so wie des ausschaut, wird draus nix. Aber was red i, des hat ja mit dem Toten nix zum Tun! Gehens mit, i muss jetzt noch zum Schorschl, unserm Zuchtstier, der is auf der anderen Stallseitn.“

Franz Pietzinger ist froh, endlich mit dem Bauern wieder raus auf den Hof gehen zu können und hat für heute genug gehört.

„Vielen Dank, Herr Huber, das war schon sehr viel an Information und ich sag Dankschön derweil. Meine Kollegen geben ihnen Bescheid, wenn die Absperrung aufgehoben wird. Wir melden uns, falls noch Fragen anstehen. Noch einen schönen Abend, Herr Huber!“

Josef Huber ist überrascht und wirkt etwas enttäuscht.

„Ja, is des vielleicht scho alles gwesn? Mehrer wollens ned wissen, Pietzinger? I hab mir des viel länger vorgstellt. So wie in de Krimis, im Fernsehn, wo sie immer so streng schaun, die Kommissare, und bei die Verhöre de Leit mit der Lampen ins Gsicht leuchten.“

Franz Pietzinger lacht.

„Herr Huber, wir sind hier in Bayern und nicht bei der

Mafia, und sie sind auch nicht im Fokus der Verdächtigungen. Sie haben doch ein Alibi und waren zur Tatzeit beim Wirt."

Josef Huber klatscht begeistert in die Hände.

„Pietzinger, des is ja genial, was sie da grad sagn. Des muss ich nachher gleich meiner Theres berichten, dass der Kommissar gsagt hat, dass es ganz gut is, wenn i zum Wirt geh. Wegen de Verbrechen und dass i dann immer ein Alibi hab. Des is super. Aber jetzt a mal ganz im Ernst, Pietzinger. Wir sind ja jetzt unter uns."

Josef Huber geht ganz nah an den Kriminalhauptkommissar heran und flüstert: „Meinens ned auch, dass des a richtiger Mord gwesn is? Des is doch alles scho sehr seltsam. I hab mi ja vorhin ned traut des zum Fragn, wie mei Theres dabeigstanden is, weil die kann sonst in der Nacht nimmer schlafen. Aber des kann doch kein Unfall gwesn sei. So blöd kann sich doch keiner anstellen, um da in die Grubn reinzufallen. Wie soll denn des gehen? Ha?"

Erwartungsvoll steht der Bauer vor Pietzinger und wartet auf eine Bestätigung seines Verdachts. Der Kriminalhauptkommissar versucht, die Vermutungen des Bauern etwas zu dämpfen.

„Herr Huber, die Ermittlungen sind in vollem Gange und die Spurensicherung ist immer noch vorne an der Fundstelle, aber leider dürfen wir über laufende Ermittlungen nichts bekannt geben. Ich muss mich jetzt leider von ihnen verabschieden. Vielen Dank für ihre Auskunft. Noch einen wohlverdienten Feierabend, Herr Huber. Wir sehn uns."

Josef Huber verabschiedet sich mit einem knappen „Servus!" und hat sich mit Sicherheit etwas mehr Informationen erhofft, aber Pietzinger entzieht sich jeder weiteren Nachfrage und begibt sich zu den Kollegen von der Spurensicherung.

Franz geht über den Hof und wirft im Vorbeigehen noch einen Blick auf die Hausbank.

„Schad", denkt er, „die Katz liegt nimmer auf ihrem Platz."

Verständlich, denn die Sonne hat sich hinter einer dunklen Wolke versteckt und ein kühler Wind kommt auf. Pietzinger knöpft sich seine graue Strickjacke zu und sieht seinen Kollegen am Fundort stehen.

„Strasser? Du bist ja immer noch da!"

„Ja klar, Franz, du wolltest doch, dass ich mich hier noch etwas umschaue!"

„Und? Hast noch was gfundn?"

„Ja, Chef. Also, in der Jauchegrube wurde ein großer Jutesack sichergestellt und herumschwimmende Kartoffeln. Das würde sich mit den Angaben der Huber Bäuerin decken, die ja angegeben hat, einen Sack mit alten Kartoffeln dort hineingeworfen zu haben. Laut Spurensicherung weist das Opfer eine Verletzung am Hinterkopf auf, welche durch einen Sturz …"

Franz unterbricht seinen Oberkommissar.

„Wie oft magst mir die Information denn noch geben, das hast ja schon als erstes gsagt und dass der Bericht der Gerichtsmedizin vor morgen früh nicht vorliegt. Hast auch noch was Neues?"

Franz ist verärgert. Er hasst unprofessionelle Wiederholungen und Strasser bemüht sich um Schadensbegrenzung.

„Entschuldige, ich dachte, du wolltest den kompletten Bericht. Also dann erzähl ich dir etwas Neues: Es finden sich neben den Spuren der Sackkarre vier brauchbare, unterschiedliche Schuhabdrücke, wobei zwei bereits dem Bauern und seiner Frau zugeordnet werden konnten!"

Pietziger hört zu und sieht sich nebenbei die Abdrücke im Morast um die Odlgrubn an.

„Also haben wir noch zwei Schuhabdrücke, die wir nicht kennen!", murmelt Pietzinger vor sich hin.

„Ja, das stimmt. Zwei konnten noch nicht zugeordnet werden. Es ist überhaupt ein Wunder, wie die Kollegen in diesem Matsch Abdrücke sicherstellen konnten", lobt Strasser seine Kollegen von der Spurensicherung und informiert Franz über die weiteren Abläufe.

„Franz, ich werde morgen früh mit deiner Frau sprechen. Das wird mir heute zu knapp. Ich ruf an!"

„Ach so, der Herr Kollege macht schon Feierabend. Geht das so einfach, Herr Oberkommissar?", stichelt Pietzinger lachend und verabschiedet sich mit einem Handzeichen.

„Schönen Abend noch, Franz!"

„Ja, Merci, Karl, dir auch, und denk an deinen Bericht!"

Schneeweißchen und Rosenrot

Pietzinger geht zu seinem alten Wagen, klemmt sich hinter das Lenkrad und beginnt zu schimpfen.

„Da sagt mir mei eigene Frau nix davon, dass sie bei der Huber Bäuerin scho Jahr und Tag einkauft und die, wie es ausschaut, auch schon Jahre kennt. Ich bin noch nie in meinem Leben in dem Ort Öd gwesn, aber mei Maria! Und anstatt sie a mal sagt: ‚Schau, Franz, des Hendl is von der Huber Bäuerin aus Öd!‘ oder ‚Schau den Radi an, is der ned gigantisch?‘ oder ‚Franz, die Huber Bäuerin hat sich auch einen Bob-Schnitt machen lassen beim Starfriseur Don Alfredo, so wie ich!‘ Der Halsabschneider, der elendige. Aber nein, die Gnädige stellt lieber Fragen: ‚Du Franz! Fällt dir nix an mir auf, wennst mi so anschaust?‘

Franz ahmt dabei die hohe Stimme seiner Frau immer wieder nach.

„Wie sie dann scheinheilig nachfragt, so unschuldig, als wenn sie es ned selber wissen würd: ‚Wie, ich schau irgendwie anders aus?‘ oder ‚Wie meinstn des jetzt?‘

Aber des ham wir gleich, Weibi, gleich bin ich daheim und dann wird gred!"

Franz ist nicht nur enttäuscht, sondern auch hungrig. Kurz darauf parkt er sein Auto mit einem rasanten Stopp in der Hofeinfahrt. Bereits an der Haustüre ruft er nach seiner Frau.

„Maria! Mari? Himmi, Mari, wo bistn?"

"In der Küch!", ruft Maria zurück, die sich in voller Lautstärke ihr Lieblingslied anhört, als Franz in die Küche kommt.

„Mach a mal des Radio leiser, da wird man ja taub!"

Maria dreht leiser und sieht sich ihren Franz an.

„Warum schreist a so? Is was passiert?"

Franz Pietzinger schaut seine Frau entgeistert an.

„Gib mir amoi a Bier!"

Maria verschränkt ihre Arme vor der Brust und der Wortschwall beginnt.

„Franz! Du stehst doch direkt neben dem Kühlschrank! Mach ihn auf und hol dir eins raus. Ich hab heute allein den Kasten die Treppn raufgschleppt, die Flaschen kalt gstellt und jetzt dürft das Aufmachen nimmer so schwer sein!"

Franz Pietzinger ignoriert die Predigt seiner Frau und beginnt seinerseits, einen Vortrag zu halten.

„Du, Maria, sag amoi, warum weiß ich eigentlich nicht, dass du die Huber Theres aus Öd kennst und mit der scho beim Bedienen warst, ha?"

Maria Pietzinger kann diese Frage überhaupt nicht verstehn und dieser schroffe Ton passt ihr schon gar nicht.

„Spinnst jetzt, Franz? Dass ich die Theres kenn, und

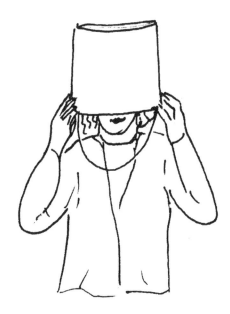

mit der beim Bedienen war, des hab ich dir schon vor Jahren erzählt, und immer wenn i davon angfangen hab, hast ‚schön‘ gsagt, so viel wie ‚nett‘ oder ‚is mir doch wurscht, so wurscht, als wenn in China a Radl umfällt!‘ Also, was solln der Schmarrn?"

Franz Pietzinger überlegt und nach einer kleinen Denkpause fällt er kurz darauf sofort wieder in den lauten Tonfall zurück.

„Ja, und warum weiß ich dann nicht, dass du heut die Huberin beim Friseur troffen hast?"

Maria kommt in Fahrt.

„Ja, hätt dich denn das interessiert, Franz? Du hättst ja nicht einmal gmerkt, wenn i an Eimer aufm Kopf ghabt hätt. Stimmts ned, Franz? Und warum plärrst eigentlich hier so rum? Hast Hunger?"

Maria kennt ihren Franz nur zu gut, doch der lässt sich nicht aus dem Konzept bringen und sucht weiter nach Antworten.

„Maria, wo warst du heut, nach deinem ‚bestens‘ gelungenen Friseurbesuch?"

„Warum fragst mich des, Franz? Vor allem mit der Betonung auf ‚bestens‘ gelungen? Magst mich ärgern? Oder is des jetzt a neues Spiel? I denk, du lässt deinen Beruf immer im Auto und machst dann die Tür zu, damit du a Privatleben aufd Nacht no hast?"

Maria dreht Franz den Rücken zu und räumt die Teller in den Schrank.

„Maria, jetzt dreh dich um und weich mir nicht aus! Wo warst du heut nach dem Friseur?"

Maria Pietzinger wird leiser und flüstert genervt vor sich hin.

„Mei, als ob des heut so wichtig wär!"

„Maria, es ist wichtig! Also, wo warst! So lang ist des ja ned her, Maria, des wirst ja hoffentlich noch zam bringen!"

Maria schichtet das laut klappernde Geschirr in den Schrank und lässt sich mit ihrer Antwort Zeit.

„Da muss i überlegn. Guad, also, ich habs glei. Jetzt wart. Du machst mi ganz unsicher, Franz. Also, als erstes bin ich heim gfahrn und wia i mich daheim im Spiegel gsehn hab, is mir ned guad gangen."

Franz kann sich einen Kommentar nicht verkneifen: „Das versteh ich, Maria, da wärs mir auch schlecht gworden, wenn ich das Spiegelbild gsehn hätt! Aber lass dich nicht drausbringen!"

„Hör auf zum Dratzn, Franz. I hab dann die Theres angrufn. Die war daheim grad zur Haustür reinkommen. Sie hat gmeint, dass ich doch auf a Haferl Kaffee vorbeikommen soll. Sie hätt eh mein Zopf, den i beim Don Alfredo vergessen hätt, den könnt ich ja dann gleich mitnehmen, bei der Gelegenheit. Da hab ich aufm Absatz umdreht und bin zur Huber Theres gfahrn. Weißt, wir sind beim Don Alfredo nebeneinander gsessn und er hat immer gsagt: ‚Mein Schneeweißchen!‘ und zur Huberin ‚Mein Rosenrot!‘ Wie die zwei aus dem Märchen, wo doch die eine blonde Haar ghabt hat und die andere schwarze!“

Franz fährt sich genervt durch die Haare.

„Und des hat euch gfallen, Maria?“

„Ja logisch hat uns des gfallen, Franz. Nebenbei hats noch a Glaserl Prosecco gebn und in dem Salon, da wird man halt wie eine Lady behandelt. Des mag ja jede Frau. Wir ham uns richtig wohlgfühlt und eine Mordsgaudi im Salon ghabt.“

Franz schüttelt verständnislos den Kopf.

„Ja, das glaub ich, dass euch so ein Schmarrn gfallen hat! Und ihr so a Gaudi ghabt habt. So a Gaudi, dass ihr zwei vor lauter Schneeweißchen und Rosenrot ned a mal merkt, wie beschissen ihr ausschaut!“

Maria greift sich in ihre krause Lockenpracht und versucht, sie immer wieder zurechtzuzupfen.

„Franz! Jetzt hörst aber auf! Grad wegen meine Haar bin i ja zur Theres gfahrn!“

„Und?“, drängt Pietzinger.

„Was, und? Franz! Was meinst mit ‚und‘?“

„Ja, Maria, jetzt lass dir doch ned alles aus der Nasn ziehn! Weiter, weiter!"

Maria wird immer leiser in ihrer Erzählung.

„Ich habs doch grad gsagt, dass ich dann nach Öd gfahrn bin!"

Franz geht in der Küche auf und ab.

„Mei, das sind Kilometer, da wundert mich nix mehr, wo die herkommen sind. Naa, naa, naa! Ja, und dann?"

Maria ist die ganze Fragerei mehr als peinlich.

„Ja, und dann ham ma über den neuen Schnitt und die leichte Welle gsprochen und dass unsere Haar wahrscheinlich nach dem ersten Waschn gut ausschaun!"

„Wahrscheinlich, Spotzei! Wahrscheinlich!", provoziert Pietzinger. Und dann?"

Doch Maria wird es langsam zu viel.

„Und dann, und dann, und dann! Was willstn, Franz? Warum fragst mich denn des alles?"

Franz lässt sich auf keine Diskussion ein.

„Später, Maria, später! Is denn der Don Alfredo noch kommen?"

„Wohin soll der Don Alfredo kommen sein, Franz?"

Die Geduld der beiden wird auf eine harte Probe gestellt. Franz versucht zwar, sachlich zu bleiben, verfällt allerdings in eine andere Tonlage.

„Mei, zur Theres! Jetzt stell dich doch ned gar a so an, Maria! Der wollt doch bei der Huberin sei Hendl und sei Grünfutter abholen. Hast des im Salon ned mitbekommen? Du bist doch neben der Huberin gsessn!"

Maria ist bemüht, ihrem Franz auf seine Fragen zu antworten, ohne ihn in der Luft zu zerreißen, und ignoriert seinen genervten Ton.

„Naa, Franz, i war ja vor der Huberin mit meine Haar fertig. Des hab i nimmer ghört. Und dass des weißt, Franz: Wie i bei der Theres aufm Hof war, da hab i nix gsehn! Koa Auto und koan Alfredo. Wir ham in der Küch erst a Haferl Kaffee trunkn und später samma rausgangen und da is kein Auto gstandn – außer des meinige. Weil, des Auto vom Don Alfredo wär mir sofort aufgefallen. Dieses schöne, matt schwarze Maserati Cabrio mit Strass-Namenszug ‚Don Alfredo' drauf. Des blinkt ja schon von weitem!", schwärmt Maria.

„Und erst der Ton von diesem Gschoss, Franz! Der hat ja bestimmt zwölf Zylinder!"

Franz Pietzinger sieht seine Frau an, als ob sie von einem anderen Stern kommt.

„Seit wann weißt du denn, wie viel Zylinder ein Auto hat? Des is ja was ganz Neues, dass du dich für Zylinder und Motoren interessierst!"

Maria Pietzinger huscht ein kleines Lächeln über ihr Gesicht und nicht ohne Stolz antwortet sie ihrem Franz: „Mei, Franz, die Daten von so einem schönen Auto googelt man sich schon a mal! Des will man dann auch als Frau a bisserl genauer wissen."

„Ahhh, so, jetzt googelt man! Das ist ja interessant – meine Frau googelt!"

Maria zeigt auf ihr Laptop, das sie in der Küche stehen hat und zwinkert ihrem Mann zu.

„Also wirklich, Franz, i hab nix gsehn. Die Theres hat mir nur gsagt, dass ihr Mann stocksauer war. Und kurz drauf, wie ich aufm Hof war, is der ja dann schnur-

stracks zum Wirt gfahrn.

Ja, und wie ihr Mo dann weida war, da hats mi gfragt, ob ich ihr ned schnell helfen könnt. Sie müsst an schweren Sack mit gstingerten Kartoffel ind Odlgrubn schmeißen!"

Franz Pietzinger stellt seine Bierflasche auf den Tisch und schaut seine Frau entsetzt an.

„Einen schweren Sack? Mit gstingerte Kartoffel drin? Und warum hats das nicht ihren Mann machen lassen und warum wollts denn den Sack überhaupt ind Odlgrubn schmeißen? Schmeißt ma die Kartoffel normalerweise ned aufn Misthaufen? Is dir des nicht komisch vorkommen? Zwei zierliche Frauen schleppen einen schweren Kartoffelsack, wo du eh immer diejenige bist, die sagt, dass manche Arbeit einfach Männersache ist?", fragt Franz seine Frau und kann ihre Unbekümmertheit einfach nicht verstehen. Doch für Maria war das selbstverständlich.

„Mei, ich hab ihr halt gholfen, weils gsagt hat, dass des ihr Sepp ned sehn darf, dass die Kartoffel alle dafeit, also, verfault sind. Der hätt sie, wenn er des gsehn hätt, sonst bestimmt den ganzen Sack aussortieren lassen, hats gsagt. Obwohl nix mehr zum Verwerten war. Woaßt, Franz, des is halt a so einer, der nix glabt, was er ned sieht. ‚Des kenn i‘, hab i mir denkt, und bin dann schnell zum Auto und hab deine Gummistiefel ausm Auto gholt, damit meine Schuh ned so voller Baz wern. Aber jetzt sag mir endlich, warum du mich des alles fragst!"

Franz setzt sich auf den Stuhl und schaut an die Küchendecke. Und redet laut vor sich hin: „Und schon haben wir wieder einen Fußabdruck identifiziert. Meine eigenen Gummistiefel. Na Bravo. Des kanns ja jetzt ned sei."

Maria kann die Aufregung um die Gummistiefel nicht verstehen.

„Franz, die Gummistiefel liegen blitzsauber wieder im Auto, da findst keinen Baz mehr dran, da brauchst dich gar nicht aufregen. Wie ich heimkommen bin, hab ich sie gleich draußen im Gras abbürstelt. Dass du dich wegen so einer Kleinigkeit gleich so aufregst. Was meinst mit identifizierten Schuhabdrücken? Sag?"

Franz nimmt seine Maria in den Arm und sieht ihr fest in die Augen.

„Maria! Hast du denn nicht ghört, was ich dir zugrufen hab, als du den Rasen gmäht hast?"

„Naa, Franz, hab i ned! Des Geratter war ja viel zu laut. Ich hab mir nur dacht, jetzt rennt er davon, ohne ein Wort zum Sagen! Ich hätt mir schon a bisserl mehr Trost von dir erhofft, Franz. Da war ich schon sehr enttäuscht, dass du einfach so gangen bist. Des hättst früher ned gmacht."

Hauptkommissar Pietzinger schreibt in Gedanken bereits seinen Bericht und sucht nach Formulierungen, die seine Frau nicht zu sehr belasten könnten. Maria bemerkt seine geistige Abwesenheit.

„Franz? Hast ghört, was ich grad gsagt hab?"

Franz wird aus seinen Gedanken gerissen und knüpft an die Frage von Maria an.

„Ja. Ach so! Ja, ich hab zum Einsatz müssn, Maria! Aber weißt du auch, warum ich dich das alles frag? Nicht, weil mir langweilig is oder weil ich dich dratzn möcht, sondern weil dein Super-Friseur heut bei der Huberin in der Odlgrubn gfundn worn is! Deswegen."

Maria lässt sich auf den Küchenstuhl fallen.

„Um Gottes Willen, Franz, is er tot?"

Franz versteht die Frage nicht.

„Ja, Maria, was meinst denn du? Meinst du, dass der zum Schwimmen da drinnen in der Grubn war? Logisch is der tot, toter gehts gar nimmer. Hats dich denn nicht angerufen, deine Theres, wenn ihr zwei schon so speziell gewesn seid?"

Maria schüttelt den Kopf.

„Naa, Franz, hats ned. Vielleicht kanns auch sein, aber mei Handyakku war leer und unser Telefon hör ich in der Küch eh nicht, den alten Kastn. Aber, Franz, wie is denn des möglich, dass der in der Grubn glegn is? Is der eini gfallen?"

Franz versucht, Maria langsam und vorsichtig auf seinen Verdacht vorzubereiten.

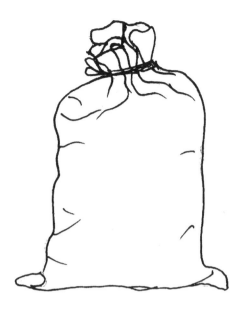

„Maria! Jetzt amoi ganz unter uns, ruhig und sachlich gsagt. Also, ich vermute, dass dich deine angebliche Freundin Theresia Huber für ein Verbrechen benützt hat und euer Starfriseur, der Don Alfredo, in dem schweren Sack war. Also, dem angeblichen Kartoffel-sack, den du und die Huberin in die Grubn gworfen habt!"

Franz vergräbt sein Gesicht in beide Hände und möchte das Gesagte am liebsten selbst nicht glauben.

Maria schreit auf und schubst ihn an.

„Jessas Maria, Franz, des is jetzt ned dein Ernst! Des kann i ned glauben, dass die Theres mich so ausnützt. Des kann doch ned sein, Franz?"

Franz nimmt seine Maria tröstend in die Arme.

„Es könnte sein, Spotzei! Es könnte! Das ist eine Vermutung, und ich hoff, dass ich nicht recht hab, aber das werden meine Kollegen klären müssen! Jetzt bekommt eure ,Mordsgaudi' im Salon eine ganz andere Bedeutung!"

Maria befreit sich aus der Umarmung und beginnt zu jammern.

„Des is überhaupt ned lustig, Franz! Meinst, dass ich jetzt wegen Beihilfe verhaftet werd? Sag?"

„Nein, du wirst nicht gleich verhaftet – später vielleicht!", antwortet Franz und kann sich, trotz der Ernsthaftigkeit der Lage, ein Grinsen nicht verkneifen. Maria ärgert sich, dass ihr Mann sich über sie lustig macht: „Da brauchst gar ned so blöd grinsen, Franz, des find ich überhaupt ned zum Lachen. Sag mir lieber, wie es jetzt weitergeht!"

Franz wird ernst.

„Maria! Wenns so ist, wie ich denk, und in dem Kartoffelsack der Alfred Donauer war, so heißt übrigens laut Pass dein Starfriseur, also wenn der im Sack drin war, dann bist höchstens wegen Beihilfe dran!"

Maria schlägt die Hände über ihrem Kopf zusammen.

„Ach, wie beruhigend, Franz! ,Nur' wegen Beihilfe! Spinnst jetzt? Ich wollt doch nur der Theres beim Schleppn helfen und hab von nix gwusst. Warum soll die denn das tan ham? Des is doch a gute Seele, die Theres. Und wie kommst denn dazu, mich wegen Beihilfe anzuklagen? Ich bin völlig unschuldig. Das ist doch rechtlich unmöglich, da wird man ja kriminalisiert, ohne dass man was gmacht hat. Ich lass mich nicht anklagen. Nie und nimmer, Franz!"

Pietzinger versucht seine aufgebrachte Maria zu beschwichtigen. Allerdings etwas ungeschickt in der Wortwahl.

„Maria! Ich klag dich doch nicht an. Das macht dann eh die Staatsanwaltschaft!"

Franz bemerkt sofort seinen Sprechfehler und kann sich ein erneutes Grinsen nicht verkneifen.

„Jetzt grinst scho wieder so blöd, Franz. Aber ich habs heut Morgen schon gspürt, dass des heid a scheiß Tag wird, und recht hab ich ghabt. Erst werden meine langen Haar abgschnitten, mei schöner Zopf, und es wird kein pfiffiger Schnitt, sondern a Pudl-Kappi, wie du es nennst. Dann helf ich der Theres, einen schweren Sack zu schleppen, wohl bemerkt aus lauter Nächstenliebe, trotz meinem kaputten Kreuz, und werd durch meine naive Gutmütigkeit von der nur benützt. Die Krönung kommt zum Schluss, dass i a no vom eigenen Mann als Mittäter in einem Mord bezichtigt werd! Hast sonst noch was, Franz?"

Maria Pietzinger holt tief Luft und schaut ihren Franz verzweifelt an.

„Also, Maria, mir an deiner Stelle würd das glangen! Aber wenn du mir richtig zughört hättst, dann wüsstest du, dass ich gesagt habe, es könnte so sein, die Betonung liegt auf ,könnte'!"

„Ach, dankschön, Franz, für den Trost, wie gütig! Du weißt halt, wie man Frauen beruhigt. Dann hättest halt den Schnabel ghalten, bis aus dem ,könnte' ein Beweis gworden wär, und hättest mir dadurch meine Nerven gschont", antwortet Maria aufgebracht und Franz hat alle Mühe, sie wieder etwas zu beruhigen.

„Ich muss dich das fragen, Maria, und meine Kollegen werden auch noch kommen und dich dasselbe noch a mal fragen!"

Maria ist entsetzt und fühlt sich bereits wie eine Verurteilte.

„Nicht dein Ernst! Das ist ja unglaublich. Du weißt doch, dass ich ein guter Mensch bin."

Maria ist außer sich.

„Spotzei, das ist reine Routine, beruhig dich. Aber was mir am meisten stinkt, is, dass die Huber Bäuerin, also deine Theres, keinen Schnaufer gmacht hat und nix, aber auch rein gar nix gsagt hat, dass sie mit dir zusammen den Kartoffelsack in die Odlgrubn gschmissen hat. Des is doch mehr als seltsam. Da hätt doch wenigstens ein Satz drüber fallen müssen so wie: ‚Mei, Herr Kommissar, ihre Frau war ja so nett und hat mir gholfen, den Sack in die Gruben zu hiefen!' Nix hats gsagt. Rein gar nix über den Kartoffelsack. Des Einzige, was ihr wichtig war, is, dass ihr Sepp des nicht mag, wenn sie in die Gruben was rein schmeißt. Und dass er gleich zum Wirt gangen is, weils den Zopf hat abschneiden lassen und jetzt so schlimm ausschaut. So ganz auf hilflos hats da tan, als obs total unter dem Pantoffel steht. So dumm kanns doch nicht sein, die muss doch damit rechnen, dass wir im wahrsten Sinne des Wortes in der Scheiße rumgraben und des rausfinden, ob in dem Sack bloß Kartoffel warn oder auch der Tote!"

Maria wehrt sich.

„Was heißt hier ‚deine' Theres? Und die Theres hat einen auf hilflos gmacht? Die und hilflos? Des is ja ein guter Witz. Franz, die Theres hat auf dem Hof die Hosen an. Ihr Sepp der geht viel zu gern zum Wirt und würd ohne sie nie fertig werden! Des kannst mir glauben. Frag dich lieber, warum sie des hätt tun sollen. Und danach kannst dich fragen, wie die Theres den Don Alfredo in den Sack reinbracht hat. Ich mein, seine langen Haxn und so, des war ja scho a langes Elend. Also ich glaub des ned, dass der im Sack drin war. Da grausts mi ja glei no mehrer!"

„Maria, das werd ich alles morgen früh erfahren. Die Fundstücke sind bereits im Labor und die Spurensicherung inklusive Gerichtsmedizin arbeitet auf Hochtouren. Lass es jetzt gut sein!"

„Franz, du hast gut redn. Du tust dich leicht!"

Pietzinger reicht es und er gibt Maria das „Jetzt-ist-genug-für-heute"-Zeichen. Dies signalisiert immer den sofortigen Abbruch einer Diskussion. Jetzt ist Feierabend und beide gehen in ihr gemütliches Wohnzimmer, um einen Schlussstrich unter die unangenehmen Dinge des Tages zu setzen.

Des Spotzei als Handlanger?

Pietzinger setzt sich in den gemütlichen, alten Ledersessel, legt seine Füße auf den kleinen Fußschemel und Maria schürt den Schwedenofen nach, schnappt sich ihre rote Kuscheldecke und zieht sich auf die Couch zurück. Was ist das heute bloß für ein Tag. Beide hängen ihren Gedanken nach und versuchen, jeder auf seine Weise, einfach etwas abzuschalten.

Franz versucht es ganz simpel, indem er sich nach seinem Sohn erkundigt.

„Maria! Damit wir mal vom Thema wegkommen, hat man eigentlich schon ein Lebenszeichen von unserm Buam bekommen?"

Maria ist dankbar für diese einfache Frage.

„Ja, gut, dass du fragst, Franz! Vom Herbert soll ich dir ausrichten, dass er bis Sonntag in Wien bleibt. Es wär also nix heut mit der Isolierung im Zuhaus, soll ich dir ausrichtn!"

Franz schnappt sich die Fernbedienung und zappt die Programme rauf und runter. Maria ist heilfroh, dass

sie nur fünfundfünzig Programme haben, sonst wäre
der Abend mit Rauf- und Runterzappen vorbei, ohne
dass man einen Film sehen könnte. Pietzinger hingegen
scheint diese Art des Fernsehens sehr zu entspannen.

„Ah, a App hat er dir gschickt!", antwortet er und lässt
dabei den Fernseher nicht aus den Augen.

„Nein, Franz, des nennt man eine WhatsApp! Des is so
was Ähnliches wie a SMS!"

Franz ist müde.

„Egal, is ma auch recht, dass er keine Zeit hat. Mir
reichts eh mit dem ganzen Schmarrn für heut!"

Doch Maria hat wieder etwas Elan bekommen und kommt zunehmend in Schwung.

„Ja, Franz, und dass ich es ned vergiss, dei Schwester, die Irmi, hat angrufn und gsagt, dass sie dich jetzt doch am Sonntag zum Grillen braucht, weil der Horst ned kann!"

Pietzinger hat bereits alle Programme mit der Fernbedienung durchgezappt und startet wieder von vorne.

„Ach so, er kann nicht? Spotzei, ich glaub eher, dass der Horst von einer notorischen Arbeitsunlust befallen ist und mit einer Sehnenscheidenentzündung vom Bierstemmen zu kämpfen hat!"

Maria schützt ihren Schwager und wehrt ab.

„Naa, Franz, da tust ihm Unrecht. Der hat sich doch beim Holzarbeitn in den Haxn ghackt. Es schaut schlimm aus, hat dei Schwester gsagt."

Unbeeindruckt von dieser Nachricht lässt Franz kein gutes Haar an ihm.

„Oh mei, das hätt ich mir denken können, aber was kann man von einem Preißn a scho anders erwartn. Nicht belastbar – und ungeschickt. Er war halt schon immer schusslig, dein Lieblingsschwager!"

„Jetzt hörst aber auf! So red ma ned von seinem Schwager! I kann ned verstehn, dass du so oberflächlich bist. Sei froh, dass dei Schwester so a gute Partie gmacht hat. Sie is zwar a ganz a liabe, aber so richtig schee is ned unbedingt, wennst ganz ehrlich bist. Sie hat a Glück ghabt, dass sie den Horst troffn hat und der eine kleine Frau im Minirock mit fünfundneunzig Kilo mag."

Franz nickt zustimmend und hat endlich ein passendes

Programm gefunden, das ihn interessieren könnte.

„Ja, da kannst recht ham, Maria. Das stimmt, des is a Glück gwesn!"

„Kann ich jetzt deiner Schwester Bescheid gebn, dass du ihr am Sonntag beim Grillen hilfst? Es ist schließlich ihr Geburtstag, Franz! Franz? Wo schaust denn hin? Hast ned ghört, was ich dich grad gfragt hab?"

Pietzinger ist in Gedanken und hört nur zeitweise, was seine Maria ihm alles nebenbei erzählt. Er scheint trotz Fernbedienung und Zappen von Programm Fünfundfünfzig und zurück nebenbei den heutigen Fall zu lösen und nimmt sein Handy aus der Tasche.

„Gleich, Maria! Wart bitte! Ich muss kurz telefonieren. Pietzinger! Grüß Gott, Herr Staatsanwalt. Ich brauch einen Haftbefehl und zwar sofort. In zehn Minuten bin ich im Präsidium. Alles Weitere dann mündlich, bis gleich!"

„Hat der Staatsanwalt grad überhaupt was sagn können, so schnell, wie du geredet hast? Was ist denn los, Franz? Is nix mehr mit ‚könnte'?"

Franz springt auf, läuft raus in den Flur und zieht hastig seine Schuhe an.

„Maria! Ich darf dir nix sagen, aber zähl doch eins und eins zusammen, dann kommst vielleicht selber drauf! Ich muss jetzt fahrn, pfia di!"

„Franz! Du glabst doch ned wirklich im Ernst, dass die Theres den umd Eckn bracht hat? Bloß, weil der ihren Zopf abgschnitten hat und sie von ihrem Sepp zamgschimpft worden is oder weil sie so ned aufs Gaufest geht? Nie im Lebn, Franz!"

„Es hilft nix, Maria, ich muss der Sache nachgehen und jetzt fahrn."

Franz läuft eilig die Stufen zum Hof hinunter und geht in seine Garage. Liebevoll begrüßt er sein Auto und steigt ein.

„Pack mers, Hupferl!"

Während er seinen Rückspiegel zurechtrückt, startet er das Zwiegespräch mit seinem Auto.

„Des darf doch ned wahr sei! Meine Frau, mein Spotzei als Handlanger in einem Mordfall. Meine Beförderung werden die Herren da oben jetzt ganz schnell wieder in die Schubladen legen und ich hab den Dreck im Schachterl. Bloß, weil der Huberin die Sicherungen durchbrennt sind, wie sie den Don Alfredo gsehn hat, als er sei Hendl und sei Grünfutter bei ihr abholen wollt. Der muss kurz danach kommen sei, nachdem der Huber Bauer zum Wirt gfahrn is. Die Huber Theres wird stinksauer gwesn sei, weil sie von ihrem Oidn so gschimpft worden is, und sie natürlich auch bei sich selber den Pfusch aufm Kopf anschaun muss. Dann hats den Don Alfredo gsehn und ihm vor Frust und Wut eins übern Schädel zogn. Den Sack drüber gstülpt, mit dem Sackwagerl hochgstemmt, a paar alte Kartoffel zur Tarnung oben draufglegt und dann, ja dann erscheint die Assistenz, meine Frau, auf der Bildfläche. Meine Maria, nichts ahnend, dass eine Leiche im Sack ist. Mei Spotzei glaubt die Story von den verfaulten Kartoffel und hilft, brav wie sie halt is, der Huber Bäuerin, den Starfriseur in der Odlgrubn zu versenken. Die Theres macht eine auf ‚arme Ehefrau', die keinem was zu leide tut und angeblich nur heimlich alte Kartoffel verschwinden lässt. Blöd, dass der Bauer heut doch godelt hat und den Donauer find, sonst wär da so schnell keiner auf die Leiche gstoßen. Da hätt ma lang suchen können, bis wir den gfunden hätten. Naa, naa, naa!"

Im Präsidium

Im Präsidium angekommen, wird Franz sofort von der charmanten Polizeimeisteranwärterin Heike Neufeld ins Chefzimmer beordert. Kriminalrat Lederer, sein Vorgesetzter, sitzt in Angriffsposition und wartet bereits auf seinen Kriminalhauptkommissar.

„Pietzinger! Was veranstalten sie eigentlich hier für einen Zirkus? Ich musste mir eben von Staatsanwalt Dr. Heidenreich eine gewaltige Standpauke anhören. Er war außer sich und hat mich gefragt, ob sie noch im Besitz ihrer Sinne sind, ihn, ohne Angabe von Inhalten, Beweisen, Namen etc., mit der Ausstellung eines Haftbefehls zu behelligen und danach einfach den Hörer aufzulegen. Haben sie eigentlich noch alle Tassen im Schrank? Wie wäre es, wenn sie mich als ihren Vorgesetzten vorab informieren? Unfassbar, Pietzinger!"

Franz Pietzinger lässt sich nicht beeindrucken. Aus seiner Sicht hat er völlig zu Recht gehandelt und trägt dies sehr überzeugt vor.

„Herr Kriminalrat Lederer. Nachdem die Indizien auf

Theresia Huber hingewiesen haben, musste ich schnell handeln!"

Kriminalrat Lederer ist äußerst angespannt.

„Ach, mussten sie! Sie mussten handeln, Pietzinger! Ho! Ho! Ich wäre über einen kurzen Anruf von ihnen glücklich gewesen – aber bitte – das muss ja ein sehr brisantes Beweismaterial sein. Ich höre!"

„Herr Kriminalrat, Frau Theresia Huber aus Öd könnte nach ihrem misslungenen Friseurbesuch aus Rache den Starfriseur Don Alfredo, respektive Alfred Donauer, erschlagen haben, ihn dann in einen großen Kartoffelsack gesteckt und mittels Sackkarre und meiner ahnungslosen Frau die Leiche in die Odlgrubn geworfen haben!"

„Stopp, Pietzinger! Was hat ihre Frau in dem Fall zu suchen?"

„Darauf komm ich gleich, Herr Kriminalrat. Meine Frau Maria war heute nämlich zur selben Zeit im Salon des Don Alfredo und wurde dort genauso verschandelt wie die Frau Theresia Huber aus Öd. Als meine Frau daheim ankommen ist und im Spiegel das Elend mit ihre Haar gsehn hat, ist sie nach einem kurzen Telefonat mit der Theresia Huber sofort zu ihr nach Öd gefahren. Die zwei Damen wollten sich zu einem Kaffee treffen. Wie ich heute von der Frau Huber erfahren hab, kennt sie meine Frau vom Rosenheimer Herbstfest, da haben sich die beiden beim Bedienen kennengelernt."

Kriminalrat Lederer unterbricht Franz Pietzinger: „Ihre Frau bedient im Bierzelt, Pietzinger? Ich weiß nicht, ob mich das so begeistern würde. Diese vielen betrunkenen Menschen und die Frau eines Kriminalhauptkommissars mitten drin. Hat das präventive oder ermittlungstechnische Gründe, Pietzinger?"

Franz kann die Frage seines Chefs nicht nachvollziehen. Er übergeht die Anmerkung seines Chefs mit einem Schulterzucken.

„Herr Kriminalrat, um auf das Thema zurückzukommen, die Frau Huber ist ja von ihrem Mann nicht gerade freundlich behandelt worden, als der ihren abgeschnittenen Zopf gesehn hat. Sie selbst hat mit der neuen Haarpracht auch ihre Zweifel, zumal dadurch der anstehende Besuch auf das kommende Gaufest am Wochenende sehr in Frage gstellt ist. Das ist der kleine Unterschied, Kriminalrat Lederer.

Die Huberin hat ihr zerstörtes Haar wahrscheinlich

nicht ganz so sportlich gesehen wie meine Frau. Es ist offensichtlich, dass Frau Theresia Huber meine Frau Maria – wohlgemerkt, meine ahnungslose Frau – zur Mithilfe benützt hat, um den angeblichen Kartoffelsack, in dem sich der Don Alfredo, respektive der Alfred Donauer, befunden hat, in die Grube zu werfen!"

„Ist das jetzt ihr Ernst, Pietzinger? Ich höre die ganze Zeit immer ‚wahrscheinlich', ‚vielleicht', ‚könnte'! Beweise, Pietzinger, Beweise! Oder haben sie schon ein Geständnis? Nein? Das dachte ich mir! So wie sich der Fall darstellt, ohne dass mir der Bericht der Spurensicherung vorliegt, hat ihre Frau genau das gleiche Tatmotiv. Wurde überprüft, wo ihre Frau zur Tatzeit war? Hat sie ein Alibi?"

„Ich bitte sie, Herr Kriminalrat Lederer! Sie glauben doch nicht ernsthaft, dass meine Maria, die Frau eines Kriminalhauptkommissars, mit diesem Fall etwas zu tun hat?"

Der Polizeichef lässt nicht locker.

„Sie hat, lieber Pietzinger, sie hat. Und was ich glaube, lieber Pietzinger, ist völlig irrelevant. Außerdem sind sie raus aus dem Fall – das dürfte ihnen doch klar sein. Ihre Frau, mitten in einem ungeklärten Leichenfund, in dem sie, also der eigene Ehemann, ermitteln! Untragbar. Außerdem haben sie mich enttäuscht. Ein Mann ihres Kalibers, kurz vor seiner Beförderung, behelligt den Staatsanwalt mit geradezu lächerlichen Vermutungen ohne einen einzigen Beweis. Sehr schwach, Pietzinger – sehr schwach. Ihren Bericht möchte ich morgen früh auf meinem Schreibtisch sehen. Nehmen sie sich ein paar Tage Urlaub. Über ihre weitere Verfügung werden wir im Laufe der nächsten Tage entscheiden."

Franz hat die Nase gestrichen voll. Jetzt auch noch die Freistellung vom Fall. Das war das i-Tüpfelchen am heutigen Tag. Pietzinger verabschiedet sich genervt.

„Wenns meinen, Herr Kriminalrat Lederer, dann geh ich jetzt in mein Büro und schreibe ihnen den Bericht fertig."

„Ja, machen sie das, Pietzinger, machen sie das. Je schneller, umso besser! Gute Nacht!"

„Gute Nacht, Herr Kriminalrat."

Ein gutes Motiv

Franz geht in sein Büro und lässt sich in seinen Stuhl fallen. Langsam stößt er sich am Schreibtisch ab, dreht sich mit seinem Sessel um die eigene Achse und ärgert sich dabei über seinen Chef.

„Der Oide war amoi wieder super gscheit. Unser Kriminalrat. Als ob ihn des was angeht, wenn mei Maria sich ein Geld auf der Wiesn verdient. Ja, das glaub ich schon, dass er das seiner Frau nicht erlauben würd, die könnt ja nicht einmal eine Mass Bier halten, vor lauter zaundürr, wie die is."

Pietzinger lehnt sich müde in seinem Sessel zurück und fährt gelangweilt mit seinem Bürostuhl hin und her. Dabei inspiziert er seinen Schreibtisch.

„Man sieht, dass ich schon lang nimmer da war. Die alte Pizza vom Giovanni liegt immer noch auf dem Karton, richtig anbappt is. Da hat sich a richtiges Biotop drauf breitgmacht, schad, aber zum Essn is des wirklich nimmer. Pfui deifi, und in der Colaflaschn schwimmen schon kleine, grüne Inseln rum. Mei, hab

ich einen Kohldampf! Franz, reiß dich zam, schreib und überleg. Der Bericht für den Oidn, der muss heut noch fertig werden, und dann kannst essn und trinkn, so viel wie du magst. Also, auf gehts."

Franz rückt mit seinem Sessel nahe an den Schreibtisch und versucht, trotz lautem Magenknurren nachzudenken.

„Wir haben eine vierzigjährige Leiche, Alfred Donauer, und bisher eine Tatverdächtige, Frau Theresia Huber aus Öd, die nach ihrem missglückten Friseurbesuch und nach dem anschließenden Streit mit ihrem Mann durchgedreht hat, als sie den Starfriseur auf ihrem Hof sieht. Es kommt zu einer Auseinandersetzung, bei der

Theresia Huber den Alfred Donauer geschubst oder ihm einen Schlag versetzt haben könnte. Es ist nicht ausgeschlossen, dass die Handlung zu einer Verletzung am Hinterkopf mit Todesfolge von Alfred Donauer geführt hat. Genaue Todesursache, Sturz oder Schlag, muss von der Gerichtsmedizin jedoch noch bestätigt werden. Maria Pietzinger ist nach ihrer Ankunft auf dem Huberhof, ohne ihr Wissen, Handlanger bei dieser Tat geworden. Des is scho komisch, wenn ich ‚Frau Maria Pietzinger‘ schreib, so als obs a fremde Person is. Mei armes Spotzei!", redet Franz vor sich hin.

„Dem Kriminalrat hat des Ergebnis meiner Ermittlung nicht so richtig gschmeckt. Ich für meinen Teil kann mir des aber gut vorstelln. Ich glaub sogar, dass die Huberin ganz schön hantig werden kann, wenns drauf ankommt. Aber jetzt überleg weiter, Franz. Wer hätt denn sonst noch ein Motiv? Hat nicht der Huber Bauer gsagt, dass sei Sohn, der Seppi, einen Augenstern namens Sascha hat? Ja, und der würd doch den Don Alfredo immer mit dem Auto neuerdings rumkutschieren, was dem Seppi gar nicht passen würd, weil der Starfriseur seinem Schatz immer schöne Augen macht? Eifersucht? Ein gutes Motiv!"

Franz schubst das Taktell auf seinem Schreibtisch an und ist fasziniert von den kleinen Metallkugeln und ihrem beruhigenden Klang.

„Um die Tatzeit war ja einiges los auf dem Huberhof."
Wie hypnotisiert spricht er seine Gedanken aus und korrigiert immer wieder sämtliche Ansätze in seinem Bericht.

„Frau Theresia Huber war um die Tatzeit auf dem Hof anwesend, leider auch Frau Maria Pietzinger. Des ‚leider' schreib ich nicht, des lass ich weg. Zu emotional und persönlich, sonst meckert der Oide wieder. Dann waren der Huber Seppi, also der Sohn, und der Josef Huber, der Ehemann der Bäuerin, anwesend. Sascha Adamek, der im Maserati gesessen ist, und das Opfer, der Alfred Donauer, alias Don Alfredo, waren ebenfalls um die Tatzeit anwesend."

Pietzinger stoppt mit seinem Bericht und überlegt.

„Angenommen und mal rein theoretisch könnte es doch sein, dass der Sascha Adamek den Don Alfredo zum Einkaufen zur Huberin gefahren hat, weil der Figaro ja im Moment keinen Führerschein hat. Aber warum würd der Figaro da selber auch noch mitfahrn? Er hätt sich ja das Grünzeug auch einfach von dem Sascha abholen lassen können?", überlegt Franz und kratzt sich dabei mit dem Kugelschreiber am Kopf.

„Mei, vielleicht hat der Starfriseur dadurch eine Ausrede für sein Techtelmechtel mit dem Sascha Adamek ghabt, weil, wenn er offiziell mit seinem Fahrer zum Einkaufen unterwegs is, da merkt keiner so schnell, dass die zwei was miteinander ham. Die Leut sind ja auf dem Land sehr wachsam, die sehn alles. Doch dann hat der Seppi die zwei an dem Tag gsehn, wie sie im Maserati am Schmusen warn, und wie der Donauer ausgstiegen is, um sein Hendl und sein Grünfutter bei der Huberin abzuholen, da hat ihm der Seppi aus Eifersucht eins drüberzogn und ihn in die Grubn gschmissn.

Danach is er ins Haus, hat sich schnell umgezogen und zu seinem Vater gsagt, dass draußen sein Augenstern im Maserati wartet, und weg war er. Aber was hat er dann zu seinem Spezl gsagt? ‚Du, ich hab euch beide gsehn, wie ihr am Schmusen wart, und jetzt hast bloß noch mich? Und des hast jetzt davon, weil du mich betrogen hast?‘

Ob der Adamek dem Seppi des verzeiht? Und is der Huber Bua so kaltblütig, dass er einfach dann mit seinem Sascha weiterlebt, als wenn nix gwesen wär? Des is doch eher a sensibler Typ."

Franz grübelt weiter vor sich hin und schaut auf seine Uhr.

„Mei, jetzt is zehne aufd Nacht und ich sitz immer noch da! Mit meinem Zweifingersuchsystem tipp ich auf der bleeden Tastatur rum. Mir langts. Ich schreib noch die mögliche Tatzeit rein. Des muss reichen. Namen, Fundort, Zeit, meinen Servus drunter und gut is. Ich mag jetzt einfach nimmer. Alle Daten sind drin und der Kriminalrat Lederer hat morgen früh was zum Lesen, er is zufrieden, und ich fahr jetzt heim. Meine arme Maria, die wird seit Stunden am Radl drehn. Franz, des wird a lange Nacht – reden, reden, reden."

Aber schee is anders

Franz verlässt sein Büro und geht zu seinem alten Auto, in der Hoffnung, dass der Motor anspringt und ihn nicht im Stich lässt. Seit Wochen schiebt er den Kauf einer neuen Batterie vor sich her. Nach vergeblichem Start redet Franz seinem Auto gut zu.

„Komm, Hupferl, jetzt spring halt an. Noch ein einziges Mal, liebes Auto, dann bekommst auch wirklich eine neue Batterie – versprochen. Geh weida. Jetzt kost du mi ned a no Nerven. Es langt mir heut, also reiß dich zam. Hopp!"

Als ob das Auto Verständnis für den Wunsch von Franz Pietzinger zeigen würde, springt der Motor unter lautem Ruckeln doch noch an. Franz ist mehr als erleichtert.

„Ja also! Geht doch. Bald sind wir daheim, Hupferl. Die Strecke kennen wir zwei ja schon und die paar Kilometer, die wir noch zum Fahren ham, die schaffst leicht, dann darfst daheim auch gleich ans Ladegerät und ich zu meiner Maria. Obwohl ich heut lieber bei dir in der Garagen bleiben würd, ganz ehrlich, Hupferl, weil die Maria is ja heut ziemlich angespannt. Ehrlich gsagt hab ich heut keinen Nerv mehr, mir das Gschiss mit ihre Haar noch einmal anzuhörn. Es langt ja schon, wenn ichs mir anschaun muss. Die greisliche Frisur."

Franz Pietzinger ist müde und wünscht sich nur eines: So schnell wie möglich nach Hause zu kommen. Die Fahrt über die kurvenreiche, dunkle Landstraße verläuft nun sehr schweigsam und ohne das gewohnte Zwiegespräch.

Nach zwanzig Minuten hat es Franz geschafft und biegt in die Hofeinfahrt seines Grundstücks ein.

Endlich zuhause.

„Ja, da schau her, nicht einmal ein Licht hats uns heut im Hof angschalten, wahrscheinlich zur Trauer des Tages. Alles is dunkel."

Franz fährt sein Auto in die Garage, steckt das Ladegerät an und verabschiedet sich von seinem Hupferl, indem er sanft auf das Dach des Autos klopft. Durch den dunklen Hof geht er die Stufen hinauf zur Haustüre.

„Sogar die Haustür is schon abgsperrt. Dann is mei Weibi also jetzt im Bett. A ned schlecht, dann gönn ich mir jetzt erstmal a Bier. Eine schöne, kalte Halbe."

Franz geht in die Küche und nimmt sich eine Flasche Bier aus dem Kühlschrank.

„Des schaut gut aus. Brave Maria. Hast doch an mich denkt und des Bier rechtzeitig in die Kühlung gstellt. Nix Schlimmeres wie ein warmes Bier."

Pietzinger öffnet die Flasche, hält sie gegen das Licht

und gönnt sich einen kräftigen Schluck von dem kühlen Gerstensaft.

„Mei, wie die zischt. Des läuft runter. Herrlich. Noch ein paar Scheibchen von dem großen Parmaschinken, den der Bua aus Italien mitbracht hat, dazu a Brot und ein paar Oliven und dann ab aufs Kanapee. Jetzt is wirklich Feierabend. Vielleicht is doch noch wach, mei Spotzei?"

Franz geht an die Treppe zum Obergeschoss und ruft nach seiner Frau.

„Maria? Bist noch wach? Magst noch redn?"

Nach einer langen Pause antwortet ihm Maria mit verschlafener Stimme: „Naa, Franz!"

Pietzinger nimmt sich, immer noch abwartend, einen Teller für seine Brotzeitschätze.

„Magst wirklich nicht noch a bisserl ratschn, Spotzei? Ich hätt da auch noch ein paar Scheiben Schinken im Angebot und einen Schluck Bier. Komm halt zu mir ins Wohnzimmer."

Das war keine gute Idee von Franz, seine Maria aus dem Schlaf zu holen. Ihre Stimme zeigt dies allzu deutlich.

„Naa! Ich mag um die Zeit nix mehr essen. Und aufgweckt hast mich jetzt auch. Ich hab dir doch gsagt, dass ich schlafen möcht nach dem furchtbaren Tag. Gut Nacht, Franz, lass es gut sein!"

Franz zieht seinen Kopf ein und geht auf Zehenspitzen mit seinem Tablett ins Wohnzimmer und setzt sich in seinen Sessel.

„Na dann halt nicht", murmelt er enttäuscht vor sich

hin. „Dann schlaf gut, Spotzei!"

„Ja! Du auch!", hallt es von Maria wie ein Echo zurück und Franz hakt nach: „Is des alles heut, Maria?"

„Ja, zum Kuckuck, des is alles!", antwortet Maria, die mittlerweile im Bett sitzt und richtig wachgeworden ist.

„Ich schau noch a bisserl in den Fernseher. Schlaf gut und träum was Schönes!"

Franz Pietzinger widmet sich jetzt seiner wohlverdienten Brotzeit.

Wenige Minuten später steht Maria mit Pudelmütze und Nachthemd neben ihm. Franz bleibt fasst der Bissen im Hals stecken, als er seine Frau in diesem mehr als seltsamen Aufzug sieht.

„Ich habs mir überlegt!", sagt Maria und ist sich ihrer Wirkung anscheinend nicht bewusst.

„Nachdem du mich jetzt mit aller Macht wach gred hast, kann ich jetzt sowieso nimmer schlafen. Du weißt doch, dass wenn ich grad eingschlafn bin, dass des für mich der tiefste und schönste Schlaf is. Aber bitteschön, da bin ich und zwar wach, sogar sehr wach. Jetzt darfst mich gern weiter unterhalten."

Franz ist durch Marias weiße Pudelmütze, mit dem rosa Bommel oben drauf, immer noch sichtlich irritiert und trinkt einen hastigen Schluck Bier auf den Schreck. Danach tastet er sich langsam in ein Gespräch.

„Du, Maria! Seit wann hast du so eine Haubn?"

„Gfällts dir, Franz? Des is ein eigener Prototyp. Von mir entworfen und gehäkelt. Was sagst?"

Franz ringt nach einer Formulierung, die seine Maria

nicht erneut in ein seelisches Tief bringt.

„Wann setzt man denn so was auf? Is des eine Schlafmützn? Für Schlafmützn? Ha, ha!", versucht Franz lustig zu sein.

Maria findet das nicht sehr witzig.

„Franz, du hast manchmal schon einen sehr unlustigen
Humor. So ein Schmarrn. Des is doch keine Schlaf-
mützn, sondern eine Mütze für den Winter bei Eis und
Schnee. Des sieht ma doch! Oder ned?"

Franz beißt in seiner Not von seinem Parmaschinken ab, danach noch ein Stückchen Brot, eine Olive – und Maria wartet.

Maria wartet auf ein Zeichen oder eine Antwort von Franz, aber das kann dauern, denn er genießt erst einmal die Köstlichkeiten.

„Magst auch ein Stückerl von dem herrlichen Parmaschinken, Spotzei?", fragt er nach einer gefühlten Ewigkeit. „Sag nicht nein, Weibi, du versäumst wirklich was."

„Später, Franz. Sag, wie findst jetzt mei Haubn?", fragt Maria, doch Franz ist sehr zögerlich.

„Also, Maria, wenn du die Haubn nicht den ganzen Tag auf dem Kopf hast, dann is des, so für zwischendurch a mal, ganz nett. A Gäck halt. Aber immer musst die ja ned aufsetzn, da sieht ma ja nix mehr von deine schönen, blonden Haar!"

Im selben Moment, als er das Wort „Haar" ausgesprochen hat, fällt ihm der abgeschnittene Zopf ein und Marias Augen füllen sich mit Tränen. Franz kneift sich in den Oberschenkel.

„Auweh, grober Fehler!"

Sehr grober Fehler, denn Maria kommt in Fahrt und lädt ihren Frust erneut ab.

„Franz, des is so gemein, des hast jetzt mit Absicht gsagt. Gibs zu. Des war wieder eins von deine Witzchen, die nur du lustig findst. Du kannst so unsensibel sein. Weißt, genau so eine Haubn wollt ich dir nämlich zum Namenstag häkeln. So, jetzt woaßt es, aber des kannst jetzt knicken. Des war ein Test, damit ich seh, obs dir gefällt, aber dass du mich gleich wieder wegen meine Haar dableckst, wo ich heut Abend so lang braucht hab, bis ich mich beruhigt hab, des is a mal wieder typisch. Aber mei, was kann i da noch sagn. Da fällt mir ja wirklich nix mehr ein. Ich geh lieber ins Bett. Gut Nacht, du super Psychologe."

Sprachs, und ein weißes Nachthemd, engelsgleich, jedoch mit schrecklicher Pudelmütze und rosa Bommel, entschwindet.

Franz Pietzinger fühlt sich wie in einem falschen Film, in dem Gespenster erscheinen und verschwinden. Er will sich auch nicht vorstellen, wie er mit einer weißen Pudelmütze und rosa Bommel ausschauen würde. Es gibt geschmacklich sehr grausame Dinge auf der Welt und viele Menschen leiden an Realitätsverlust, aber dass seine Maria nun auch davon betroffen ist, das gibt ihm sehr zu denken.

„Hams jetzt meiner Frau des Hirn auch noch weggeschnitten beim Friseur? Ich mit rosa Bommel und so einer Haubn! Da sperrns mich ja gleich in die Ausnüchterungszelle im Präsidium. Naa, naa, naa. Franz, jetzt isst noch ein Scheiberl Parmaschinken oder zwei und entspannst dich erst a mal."

Pietzinger muss sich ablenken und zappt mit der Fernbedienung durch alle Programme.

„Nix kommt. Die wissen a nimmer bei den Öffentlich-Rechtlichen, was bringen sollen. Entweder diskutierns über Sachen, dies selber ned verstehn oder sie senden was über die neusten Seuchen oder Krankheiten. Ich geh ins Bett."

A zweite Leiche

Mitten in der Nacht läutet das Handy von Franz.

… sie Amsel, sie bleede …

Franz schreckt auf, knipst die Nachttischlampe an und schaut auf die Uhr.

„Mei, wie spät is denn? Viere in der Früh!"

Franz setzt sich im Bett auf und meldet sich am Handy mit lauter Stimme.

„Pietzinger! Ja guten Morgen, Herr Huber! Is was passiert? Naa, macht nix, ich hab eh nicht richtig schlafen können! Ah, eine Kuh hat gekalbt! Aha. Und da hams ihn gfundn? Wen, Herr Huber? Wen? Den Sascha? Den Augenstern vom Buam? Neben dem Stier is er glegn! Haben sie meine Kollegen schon verständigt? Nicht! Den Notarzt? Ja, des ist gut. Ah, der kommt grad. Sie glauben, dass der tot is? Ja, dann leite ich das meinen Kollegen gleich weiter. Ja, versprochen. Ja, Herr Huber, ich komm. Ich bin gleich da. Wiederschaun."

Franz sitzt auf der Bettkante und schaut aus dem Fenster.

„Stockfinster is noch. Die hätten auf dem Huberhof mit dem Fund a no a bisserl warten können. Mei, der Kollege Strasser wird sich gleich freun, wenn ich ihn aus dem Schlaf läut."

Franz wählt die Nummer seines Kollegen.

„Pietzinger! Guten Morgen, lieber Karl. Das geht aber flott bei dir. Hast du auf dem Handy gschlafen? Ja, ich weiß wie früh oder spät es ist, aber es hilft nix, die komplette Mannschaft muss wieder zum Huberhof nach Öd. Der Bauer hat mich grad angerufen. Er hat eine zweite Leiche gefunden. In der Stierbox. Wer? Angeblich des Gspusi von seinem Sohn. Dieser Sascha. Sascha Adamek. Ich fahr jetzt raus nach Öd.

Ja, Strasser, ich weiß, dass ich beurlaubt bin, aber der Bauer hat mich gebeten, dass ich auf den Hof komm und mit ihm red. Das ist mir wurscht, was unser Häuptling dazu sagt, es geht ja schließlich auch um meine Maria! Also, bis gleich, Strasser. Du kümmerst dich drum, dass die Herren der Spurensicherung gleich vor Ort sind. Ja, bis gleich."

Durch das laute Gespräch ist Maria aufgewacht und knipst ihre Nachttischlampe an.

„Was isn, Franz? Warum hast ‚Maria' gsagt, mittn in der Nacht? Des hab ich genau ghört. Hast was träumt von mir?"

Franz steht auf, zieht sich an und gibt seiner Frau ein Busserl auf die Stirn.

„Schlaf weiter, Maria! Ich hab grad einen Anruf bekommen und muss zum Einsatz. Stell dir vor, jetzt ist

noch eine Leiche auf dem Huberhof gfundn worden!"
Maria erschrickt und schreit auf.

„Jessas, Franz! Aber i wars ned! I hab a Alibi, und zwar
ein wasserdichtes. Ich bin die ganze Zeit neben dir im
Bett glegn! Des musst du bezeugen, Franz! Des machst
doch, oder?"

Franz winkt ab.

„Ja, Maria, is ja gut, das weiß ich doch! Ich fahr jetzt.
Aber das kann dauern, brauchst also nicht warten.

„Pass bloß auf, Franz. Vielleicht is da draußen aufm
Huberhof so ein Gstörter, der euch auflauert. Gleich
zwei Leichen an einem Tag. Des is doch kein Zufall,
des muss doch a Spinner sein."

Maria schnappt sich ihr Kopfkissen und hält es schützend vor sich.

„Spotzei, jetzt reg dich nicht auf. Schlaf bittschön weiter, wir machen des schon." Pietzinger geht aus dem

Schlafzimmer und schließt ganz leise die Türe hinter sich zu, als ob seine Maria noch schlafen würde. Die Macht der Gewohnheit. Dann schnappt er sich seinen Autoschlüssel vom Brett und verlässt das Haus.

Franz läuft die Stufen hinunter in den dunklen Hof und beim Betreten der Garage beginnt sein übliches Zwiegespräch mit seinem Auto.

„Aufwachen, Hupferl. Jetzt is Schluss mit dem Aufladeservice. Ich bin wieder da. Wir zwei machen noch einmal einen Ausflug zum Huberhof nach Öd, weils da so schön war. Was tät ma ja sonst um die Zeit, außer schlafend im Bett rumliegen. Gell, Hupferl? Hoffentlich hats für dich an der Ladestation genügend Batteriepower gebn! Mir gehts nicht so gut wie dir, ich hab noch kein Frühstück ghabt. Also sei jetzt nicht fad."

Franz setzt sich in sein Auto, steckt den Schlüssel ins Zündschloss und versucht zu starten.

„Geh, sei halt so gut und spring an. Mei, bittschön. Du wirst a ned verschrottet und ich spendier dir auch wirklich eine neue Batterie, versprochen! Heut noch, wenns geht. Jetzt mach scho! I muss nach Öd, komm jetza!"

Nach vier Versuchen springt der Motor endlich an. Erleichtert und mit einem tiefen Atemzug fährt er los und redet sich wach.

„Danke, liebes Auto. Siehst, es geht doch. Bist halt doch ein braves Hupferl. Weißt, jetzt hat der Huber Bauer noch a Leich gfunden, des glaubst nicht. Dem Huber wirds so langsam bestimmt ganz mulmig auf seinem Hof werdn. Wie dreist muss da einer sein, der gleich zweimal hintereinander, nur a paar Stunden später, den gleichen Tatort hernimmt? Und warum hats den Sascha erwischt?" Franz unterbricht sein Zwiegespräch, überlegt kurz und klopft plötzlich mit der Hand auf sein Lenkrad. Es scheint ihm etwas eingefallen zu sein. „Huber Bua, jetzt kommst so langsam in die engere Auswahl. Beide Leichen sind aus deinem Bekanntenkreis! Oder es is einer, der völlig unbeachtet seine Grausamkeiten verübt. Jemand, an den wir bisher gar nicht denkt ham? Weil die Theresia Huber bringt doch ned erst den Starfriseur und dann a noch den Augenstern von ihrem Buam um. Des passt doch ned zam."

Die Scheiben des Wagens beschlagen sich und das Gebläse wird der hohen Luftfeuchtigkeit im kalten Innenraum nicht Herr. Franz wischt mit seiner Jacke die Sicht an der Frontscheibe frei.

„Mei, schau dir des an, Hupferl, jetzt fängts auch noch zum Regnen an. Hoffentlich sinds schnell, die Kollegen von der Spurensicherung, sonst sind sie weg, die Hinweise, so wie des jetzt schüttet. Wie spät is? Halbe fünfe in der Früh? Mei, so a bisserl spazieren fahrn um hoibe fünfe in der Früh, des hat doch was. Aber es is ja nimmer weit."

Kurze Zeit später erreicht Franz den abgelegenen Hof der Familie Huber in Öd.

„Mei, schau, da vorn, des muss die Huberin sein. Mitm Schirm stehts da und der Wind wehts fast davo. Die scheint auf mich zu warten. Des is aber nett.

Vielleicht hats ja ein schlechtes Gewissen und macht
einen auf freundlich und harmlos. Da bin ich gspannt."
Tatsächlich steht Theresia Huber mit ihrem Schirm im
strömenden Regen und winkt dem Kriminalhauptkommissar zu. Franz parkt sein Auto und Theresia Huber
eilt mit ihrem Schirm an die Fahrertür und öffnet sie.
„Guten Morgen, Frau Huber! Das ist aber nett, dass sie
bei dem Sauwetter auf mich warten."
„Guten Morgen, Herr Kommissar. Mei Sepp hat gsagt,
weils gar so regnet, soll ich mitm Schirm auf sie wartn.

Er is im Stall, weils Kaibi no ned steht. Aber ein guter Morgen is des wirklich ned."

„Ja, da hams auch wieder recht! Ein schöner Tag fängt wirklich anders an. Ich nehm ihnen den Schirm ab. Wo müssen wir denn hin, Frau Huber?"

Es schüttet wie aus Kübeln und die Bäuerin hakt sich am Arm des Kriminalhauptkommissars ein.

„Gehens mit, Herr Kommissar, ich zeigs ihnen. Aber eini gehen in die Box tu ich nimmer, des is mir zu grausig, zwoa Leichn am Tag, des hält ja der stärkste Ochs ned aus. Außerdem is unser Zuchtstier immer noch total ausm Häusl. Mir ham schon den Tierarzt angrufn, weil der ‚Schorschl' – so hoaßt er, der Stier – fast die Kettn abreißt, der Gspinnerte", schreit Theresia Huber, um sich bei dem starken Regen Gehör zu verschaffen.

„Frau Huber, sie müssen nicht mit rein, es reicht, wenn sie mir den Fundort zeigen", beruhigt Franz die Bäuerin und hält den Schirm fest in seiner Hand, damit die Regenmassen und der starke Wind ihn nicht davonwehen. Im Stallgebäude angekommen, klagt Theresia Huber dem Hauptkommissar ihr Leid und Pietzinger beobachtet dabei jede Regung in ihrem Gesicht.

„Wie kanns denn des gebn, Herr Kommissar, dass grad bei uns so was gmacht wird. Mei, so ein Elend. Wenn des in die Presse kommt, dann bleiben uns die Feriengäste komplett weg. Wer will denn schon Ferien auf dem Bauernhof, wo eine Leich nach der andern gfundn wird?"

Franz schließt den Schirm und schüttelt ihn aus.

„Beruhigen sie sich, Frau Huber. Wir werden versuchen, den Fall so schnell wie möglich aufzuklären. Es sind zwei Leichen gefunden worden. Was glauben sie denn, wer die erste Leiche in die Grubn geworfen hat?" Theresia Huber verschränkt ihre Arme vor der Brust und scheint nicht nur zu frieren, sondern wirkt sichtlich aufgebracht.

„Ja, sie san guad, Herr Kommissar. Woher soll ich denn des wissen? Ich bin doch kein Hellseher und auch keiner von der Kripo. Dafür ham wir euch ja grufn, damits ihr des rausfinds."

Franz spürt bei Theresia Huber eine große Unsicherheit und geht in die Offensive.

„Frau Huber, sie waren doch sehr unzufrieden mit ihrem Friseurbesuch bei ihrem Starfriseur Don Alfredo! Könnts nicht sein, dass sie ihn aus Frust über ihre zerstörte Haarpracht erschlagen haben und ihn dann in den mit alten, verfaulten Kartoffel getarnten Sack gesteckt ham und mit Hilfe meiner ahnungslosen Maria in die Odlgrubn gworfen ham?"

Theresia Huber tippt sich mit ihrem Finger an die Stirn und ist außer sich.

„Jetzt hörns aber auf, Herr Kommissar, des kann ja ned ihr Ernst sei! So ein absoluter Blödsinn! Des is ja geradezu eine Unverschämtheit, mir so was ins Gesicht zum Sagn. Und sie meinen, dass ich ihre Frau a no gfragt hab – die Frau von einem Polizisten –, dass sie mir helfen soll, den Sack, in dem ein Toter drin sei soll, dass sie den mit mir versenkn sollt? Des is ja einfach lächerlich."

Pietzinger ist erstaunt, dass eine so zierliche Person

wie die Theresia Huber doch so laut und aufgebracht werden kann. Er lässt nicht locker und fragt mit ruhiger Stimme: „Ham sie denn gwusst, dass ich bei der Kripo bin, Frau Huber?"

„Naa, des ned. Ihre Maria hat nie über sie gsprochen!" Theresia Huber bemerkt den erstaunten Gesichtsausdruck des Kommissars.

„Des dürfens aber jetzt ned persönlich nehmen, Herr Pietzinger. Wissens, mir Weiberleit ham halt wichtigere Sachen zum Erzähln, als uns über unsere Männer zum Unterhaltn. Es soll ja lustig sein. Des is ned bös gmeint. Aber dass sie mich für so blöd halten und mir einen Mord unterstelln, also des hätt ich ned von ihnen denkt. Ich wollt doch nur mei Kartoffel verschwindn lassen, damits der Sepp ned sigt und sonst nix."

„Ich muss sie das fragen, Frau Huber, das ist nicht persönlich, glaubens mir das!"

Theresia Huber verschränkt erneut ihre Arme vor der Brust und schaut dabei den Kriminalhauptkommissar ärgerlich an.

„Ned persönlich gmeint! Dass i ned lach! Da bleibt mir ja glei mei Herz stehn, wenn ich mir solche Verdächtigungen anhören muss! Und vielleicht meinens jetzt a no, dass ich den Sascha, den Freind von meinem Buam, zum Stier reingsperrt hab?"

Franz Pietzinger lockt Theresia Huber immer weiter aus der Reserve.

„Das wär jetzt meine zweite Frage gewesen, Frau Huber! Woher wissen sie denn, dass es sich um den Sascha Adamek handelt und dass er beim Stier eingsperrt war?"

„Ja, Herr Kommissar, sans denn jetzt total narrisch gworden? Also sie ham ja schon a sehr kranke Fantasie! Was sie sich da zam mischen in ihrem Hirnkastl. Des hat mir doch mei Sepp gsagt. I hab doch bis vorhin noch ruhig und selig gschlafen. Bis er, also mei Sepp, pfiffn und plärrt hat, dass ich schnell aufstehn soll, weil was passiert is. Der Sascha würd beim Stier in der Box liegen. Ich soll mich schicken, weil er glaubt, dass der scho tot is, und deswegn hätt er sie gleich angrufen. Ich soll auf sie mitm Regenschirm draußen warten und ihnen zeigen, wo der Tote liegt. Er müsst wieder zur Afra, also unserer Kuh, zrück wegen dem Kaibi. Ja, und dass er den Sanka a angrufen hätt, wegen dem Bap, der hätt den Sascha gfunden und der würd jetzt a no daneben liegn und er glabt, dass der Bap deswegn an Herzkasperl bekommen hätt."

„Frau Huber, wie ist, oder besser gesagt, wie war ihr Verhältnis zum Sascha Adamek?"

Die Bäuerin wischt sich mit ihrer Schürze das Gesicht ab und schüttelt verständnislos den Kopf.

„Was heißt denn da ‚Verhältnis'? Für wen haltens mich denn? Des war der Freind von meinem Buam. Da schauns rein, da drin liegt er, der Sascha, der arme Bua. Mei Mo hat ihn a bisserl vom Schorschl wegzogn, so gut wie es halt gangen is, bei dem depperten Stier, damit ihn der Notarzt anschaun hat können, aber der hat gleich gsagt, dass da nix mehr zu machn is, so wie mei Sepp des schon vermutet hat. Und dass der Sascha so oane vom Stier abbekommen hat, dass es glei mit ihm vorbei gwesn wär, des hat er a no gsagt, der Doktor. Schauns, da hinten is mei Mo. Den könnens jetzt alles fragen, was wollen."

Die Bäuerin zeigt auf ihren Mann, der sich gerade mit den Kollegen der Spurensicherung unterhält und ruft ihn mit einer außergewöhnlich lauten Stimme, die man der zierlichen Bäuerin nicht zutrauen würde.

„Sepp?"

„Ja! Was is?"

„Sepp, der Kommissar is do!"

„I kimm!"

Josef Huber quetscht sich an den Absperrungen vorbei und begrüßt den Kriminalhauptkommissar.

„Grüß Gott! Da sinds ja endlich, Herr Kommissar. Wie hams gsagt, dass sie heißen?"

Franz wundert sich, dass dem Bauern der Name nicht mehr einfällt.

„Pietzinger! Franz Pietzinger is mein Name, Herr Huber. Sie haben mich doch eben angerufen und wir haben uns heut Nachmittag schon kennengelernt, bei dem Leichenfund an ihrer Gruben."

Josef Huber klatscht sich an die Stirn.

„Ja, stimmt! Sie san ja der Kriminalhauptkommissar! Aber bei den vielen Leut heid, da is koa Wunder, wenn ma amoi durchanander kimmt. Des derfst ned falsch verstehn. Also, Pietzinger, do schau her, do liegt er. Die Herrn von der Rettung ham ihm nimmer helfen können! Aber des hab i mir scho fast denkt, so wie der do glegn is. Der muss schon im Jenseits gwesn sein, als i eam unter dem Stier vorzogn hab. Also, des hat der

118

gmeint, der ihn vorhin angschaut hat, also der Doktor, der do war. Aber des wern ihre Spezialisten scho noch genau untersuchen!"

Pietzinger wirft einen Blick auf das Gesicht des Opfers und wendet sich sofort ab. Zu grausig ist dieser Anblick. Der Stier hat mit seinen Tritten ganze Arbeit geleistet. Um sich abzulenken, schaut sich Franz nach weiteren Spuren im Stall um.

Theresia Huber bleibt dieses Schreckensbild ebenfalls nicht erspart.

„Mein Gott, wie furchtbar schaut der denn aus? Des is ja schrecklich. Und weißt, was noch viel schlimmer is, Sepp?"

Josef Huber schaut auf seine Frau, die sich nicht beruhigen kann.

„Sepp! Jetzt stell dir des amoi vor, der Kommissar hat mich verdächtigt! Ich soll den Don Alfredo in die Grubn gschmissn ham und dann den Sascha zum Stier eini gsperrt ham! Stell dir amoi des vor!"

Der Huber Bauer lacht.

„Sie müssen schon entschuldigen, Herr Kommissar, dass ich jetzt lach, trotz der traurigen Umständ hier, aber wenn sie mei Theres verdächtigen, dann ist des schon zum Lachen. Mei Theres? Die?"

Die Huber Bäuerin geht zu ihrem Mann und schüttelt ihn am Arm.

„Ja mi! Stell dir des amoi vor. Mich verdächtigt er, der Kommissar, als wenns nicht genug Räuber und Mörder auf der Welt gibt. Da sucht mer sich jetzt schon wehrlose Frauen aus, die sich nie was zuschulden kommen lassen.

Franz Pietzinger versucht, die Bäuerin zu beruhigen.

„Frau Huber, das ist eine reine Routinebefragung, die sogar durch ein Motiv berechtigt ist."

Josef Huber unterbricht Franz Pietzinger: „Ja, Theres, aber so, wie du grad ausschaust, kann ich den Kommissar schon verstehn, dass er sich des so vorstelln könnt!"

Theresia Huber kann diese Art von Humor nicht verstehen.

„Ja, fallst du mir jetzt a in Rücken? Du, als mei Mo. Ja i glabs ned, Sepp."

Der Bauer versucht zu beschwichtigen.

„Wart, Theres! Lass mi halt ausredn! Vorstellen könnt mer sich ja alles, aber du, grad du kannst es ned, weilst so a guada Mensch bist – deswegen! Sie is wirklich a guade Haut, Herr Kommissar, mei Theres!"

Mit einem Augenzwinkern nimmt Josef Huber seine Theres in den Arm und drückt sie fest an sich.

„Mei, Sepp, des hast aber jetzt liab gsagt – nach all dene Jahr! So kenn ich dich ja gar nimmer. Sehns, Herr Kommissar, so kann mei Sepp a sei, wenn er mog, und wenns bloß alle zehn Jahr amoi is, aber wenns drauf ankommt, dann macht er es. Gell, Sepp?"

Josef Huber wirkt verlegen und löst die Umarmung.

„Jetzt übertreib ned glei, Theres! Und sie, Herr Kommissar, können ihren Verdacht a glei vergessen! Mei Theres soll den Figaro umd Eckn bracht ham? Ja im Lebn ned. Die schreit ja schon, wenn ich a Fliegn derschlag. Außerdem warn da viel zuviel Kartoffel in der Grubn, da hätt keiner mehr im Sack Platz ghabt. Des könnens mir ruhig glauben, Herr Kommissar.

Und dir, Theres, sag i glei, bloß dassd es woaßt, über die Kartoffel red ma noch, die in der Grubn warn, da is noch nix ausgred! Da siehst es ja, was für a Schmarrn rauskommt, ind Grubn wird nix eini gschmissn. Was ich immer sag!", schimpft der Bauer seine Frau und belehrt anschließend Pietzinger mit erhobenem Zeigefinger: „Und ihre Kollegen, Pietzinger, die von der Spurensicherung, die ham bestimmt a scho gmerkt, dass in dem Sack koaner mehr Platz ghabt hätt, bei den Haufen Kartoffel, die mei Theres da eini packt hat. Die ham doch a Augen im Kopf und können rechnen, oder? Die wissen doch, wie viel in so ein Sack eini passt."

Theresia Huber ist erstaunt, dass ihr sonst so ruhiger Sepp wie ein Wasserfall redet, und Franz Pietzinger notiert sich immer wieder einige Stichwörter ins Handy.

„Herr Huber, es wird alles gründlich untersucht werden, aber nachdem das alles so kurz hintereinander passiert is, liegen mir im Moment noch keine Berichte vor, wir müssen uns noch gedulden. Alles braucht seine Zeit, Herr Huber! Doch zurück zum aktuellen Fund. Haben sie irgendetwas ghört oder ist ihnen etwas aufgefallen?"

Der Bauer nimmt sich die Heugabel und stützt sich damit ab.

„I hab ihnen schon am Telefon gsagt, dass der Bap und ich beim Kaibiziagn warn, und dass es a lange Gschicht mit der Kuh war. Jetzt stehts endlich, des Kaibi, und trinkt. Wir ham scho Angst ghabt, dass es ned schafft."

„Wann haben sie dann etwas bemerkt, Herr Huber?", fragt Pietzinger.

„Mei, des is ja scho die ganze Nacht so komisch gwesen, als der Bap und i bei der Afra waren. So hoaßt sie, unser beste Kuh. Die ganze Zeit über hat der Stier, also unser Schorschl, drüben in der Box tobt, bis ich dann zum Bap gsagt hab, er soll endlich amoi nachschaun, warum der so spinnt!"

„Wann war denn das so ungefähr, Herr Huber?"

„Mei, Pietzinger, des wird so kurz vor viere in der Früh gwesn sein!"

„Und weiter!"

„Ja, der Bap is dann rüber auf die andere Stallseitn zum Nachschaun und da hat er noch laut gschimpft: ‚Muss des grad jetzt sei, Herrschaftszeitn! Der gspinnerte Deifi der.' Ja, und dann hats ned lang dauert, bis der Bap mir dann gschrien hat."

„Was hat er denn grufn, Herr Huber?"

Der Bauer plärrt mit lauter Stimme: „‚Kimm schnell, schau dassd herkimmst, Sepp!', hat er gschrien. ‚Was isn passiert?', hab ich zruckgschrien, aber da is koa Antwort mehr kommen. Grad zu der Zeit, wo ich bei der Afra hätt bleiben müssen, aber dann bin ich doch ummi grennt und da seh ich grad no, wie es den Bap schmeißt, also, hingfallen is er, aufn Boden, und hat sich dabei an die Brust glangt. Mei, da hab ich sofort an einen Herzinfarkt denkt und den Notarzt mit meim Handy angrufn, bei so einer Herzgschicht, da musst ja schnell sein! Dann hab ich eam aufd Seitn glegt und da hat er deit."

Franz schaut den Huber Bauern verständnislos an.

„Was hat er gemacht, Herr Huber?"

„Ja, deit hat er, Herr Kommissar! Gedeutet! Also, auf die Box vom Stier hin deit!"

Franz kapiert endlich, was der Bauer sagen möchte, und notiert sich dieses Detail.

„Ah, jetzt hab ichs verstandn, Herr Huber! Ihr Vater wollt, dass sie in die Box gehn! Zum Stier. Jetzt versteh ich."

Franz registriert mit einem leichten Schmunzeln, wie Theresia Huber nicht von ihrem Mann weicht und immer wieder erfolglos versucht, sich an ihren Sepp zu schmiegen. Der Bauer scheint seinen kurzen romantischen Anflug jedoch wieder beendet zu haben und stützt sich lieber auf dem Stiel der Heugabel ab, um sich konzentriert den Fragen des Kriminalhauptkommissars zu widmen.

„Genau, Herr Kommissar, und dann bin ich rein zum Schorschl in die Box. Ja, und da hat mich dann fast der Schlag troffn, wie ich a paar Haxn unter dem Stier hab rausschaun sehn. Zuerst bin ich ja gar ned richtig hinkommen zu dem gspinnerten Stier. Aber dann hab ichs im grechten Moment gschafft, an de Haxn zum Ziagn und bin zamzuckt, wie ich gsehn hab, dass des der Sascha is. Mei war mir schlecht! ‚Wie kanns denn des gebn, Bap?‘, hab ich grufen, aber mei Bap, der war ned ansprechbar. Ja, und dann hab ich sie ja glei angrufn, Herr …!"

„Pietzinger!", ergänzt Franz.

„Ja, des hams ja schon mal gsagt! Stimmt, Pietzinger heißens. Also, den Bap hams dann glei mitm Sanka ins Krankenhaus gfahrn, aber für den Sascha war jede Hilfe zu spät, wie der Notarzt gsagt hat!"

Theresia Huber wird ungeduldig, nachdem sie keine weitere Beachtung erhält.

„Herr Kommissar, brauchen sie mich jetzt noch? Ich müsst nämlich nebenher noch a bisserl was tun. Jetzt bekommens eh Verstärkung. Schauns, da drüben winkt der Herr Strasser zu uns rüber!"

Franz Pietzinger sieht am Eingang des Stallgebäudes seinen Kollegen und signalisiert ihm, sich in Bewegung zu setzen.

„Danke, Frau Huber, das wars jetzt vorab, wenn ihnen noch etwas einfällt, dann geben sie mir bitte Bescheid, und falls ich noch Fragen hab, dann komm ich auf sie zu. Vielen Dank einstweilen."

Theresia Huber schnappt sich einen Eimer Milch und lächelt ihrem Mann noch kurz zu, bevor sie die Kälbchen füttert.

Unser Schorschl

„Servus, Franz! Guten Tag, Herr Huber."
Endlich erscheint Karl Strasser auch am Fundort in Öd
auf dem Huberhof.
"Herr Huber, meinen Kollegen kennen sie ja schon,
den Herrn Strasser!"
Josef Huber wischt sich seine schmutzigen Hände an
der Stallhose ab und reicht dem Kollegen Strasser brav
die Hand zum Gruß.
„Ja freili kenn ich den. Mit dem hab i ja erst vor a paar
Stund gred. Des is doch der Herr in seinem feinen Anzug."
Franz Pietzinger lächelt. Es fällt ihm auf, dass dem
Bauern der feine Anzug und der Name seines Kollegen
besser haften geblieben sind als sein Name.
„Ja genau, Herr Huber, des is der Herr Karl Strasser,
aus Norddeutschland. Servus, Karl, des is aber flott ge-
gangen. Dass du so schnell hergfunden hast?"
Die kleinen Sticheleien kann sich Franz Pietzinger bei
seinem Kollegen oftmals nur schwer verkneifen, was

immer wieder, je nach Gemütsverfassung des norddeutschen Kollegen, zu kleinen Reibereien führt.

„Schneller ging es nicht, Franz. Auch wenn du es nicht glauben kannst. Ich habe übrigens bereits alles abgesperrt, damit die Spurensicherung bei diesem Regen wenigstens eine kleine Chance hat."

„Merci, Karl, du denkst manchmal halt doch mit!"

Franz schmunzelt und wendet sich wieder dem Bauern zu.

„Eine Frage noch, Herr Huber. Wo ist denn ihr Sohn? Den hätt ich gern kurz gesprochen. Ist er über den Tod seines Freundes schon informiert worden?"

Josef Huber beginnt, mit seiner Heugabel Futter aufzuladen, und lässt sich mit seiner Antwort Zeit. Danach schaut er die beiden Kommissare an und scheint sich nicht sicher zu sein, an welchen der beiden er die Antwort richten könnte, bis er sich letztlich wieder Franz Pietzinger zuwendet.

„Des weiß koa Mensch, wo sich mei Bua grad wieder rumtreibt."

„Ja, hat er heute Nacht nicht hier geschlafen, Herr Huber?", hakt Pietzinger nach.

Der Huber Bauer wird sichtlich nervös und gereizt.

„Des wiss ma ned, Pietzinger. Die Theres hat gleich nachdem wir den Sascha gfunden ham, in seiner Kammer nach ihm gschaut, aber da war er ned. Deswegen hats immer wieder auf seim Handy versucht, ihn zu erwischn und hat ihm auf die Box gsprochen, dass er sofort heimkommen soll. Keine Ahnung, wo der is. Auf jeden Fall hat er sich bis jetzt ned grührt."

Franz überlegt, ob er die Fahndung rausgeben soll.

„Wann haben sie denn ihren Sohn das letzte Mal gesehen, Herr Huber?"

Der Bauer sticht zornig mit seiner Heugabel mehrmals in das frische Grünfutter, das auf dem Boden des Stalles liegt und wird laut:

„Ja, aufd Nacht halt. Der war mitm Sascha bei uns in der Küch gsessn und umma neine ham die zwoa dann a no zum Kochn angfangen. ‚Wir bekommen noch Besuch vom Giacomo!', hams gsagt. Wissens, Pietzinger, des is der, mit dem die zwei den Stretchlimo-Service ham, und der Giacomo is ja der Lebensgefährte vom Don Alfredo, oder besser, er wars halt.

Mei Theres hat a gsagt: ‚Da wollens immer schlank und drahtig bleiben und essen dann so spät noch in der Nacht, des kann ja ned gsund sei.' Aber des hat ja nix damit zum Tun, dass der Sascha beim Stier glegn ist!"

„Nein, Herr Huber, deswegen nicht. War dann sonst noch was?"

Der Bauer überlegt und wird wieder etwas leiser in seiner Stimme.

„Nix Bsonders, Herr Kommissar. Mei Theres is dann ins Bett und i hab no a bisserl ind Zeitung nei gschaut und umma zehne is dann der Bap, also mei Vater, vom Ausflug zrückkommen. Der war hübsch gut beinander, biertechnisch, mein ich. Gott sei Dank war mei Theres scho im Bett!"

„Warum, Gott sei Dank, Herr Huber? Mögen sich die beiden nicht?"

Der Bauer lächelt und streicht sich etwas verlegen über das Gesicht. Die Frage scheint ihm unangenehm zu sein.

„Was heißt mögen? So kann ma des ned nennen. Aber mei Theres mags halt überhaupt ned, wenn wer an Suri hat, also an Rausch, mein ich. Und mein Bap, der trinkt halt scho gern, und an dem Tag wars halt gut, dass sie den Bap ned gsehn hat, weil der einen sauberen Suri beinander ghabt hat. Da hätts ihn sauber gschimpft und mi a, weil i ihn hab fort lassen zu de Schützen. Deswegen hab ich ihm dann noch a Brot und an Speck runtergschnittn, zum Aufsaugn für den Alkohol. Des hilft a bisserl, hab i mir denkt, damit er ned zum Singen anfängt. Und viel Wasser trinkn, hab ich zu ihm gsagt, aber damit kann i ned daherkumma, da streikt er, der Bap. ‚I bin doch koa Kuah!', sagt er dann.

Die zwoa Buam ham dann glacht und wolltn, dass er sich no a bisserl zu ihnen dazusetzt, aber der alte Sturschädel, also mei Vater, hat gsagt, dass er da lieber ins Bett geht, als dass er sich mit dem do, also dem Sascha, an einen Tisch setzt. Den hat er ums Verrecka ned leidn können. Des hat meim Buam immer weh do, wenn er so grantig zu seinem Augenstern war. ‚Dass du gar so grob zum Sascha sei muaßt!', hat der Bua dann no zu seim Großvater gsagt, aber des hat nix gholfen, im Gegenteil. Der is gleich auf ihn los und hat gschrien: ‚Warum bringstn du so oan daher, so an Nichtsnutzigen. Des is koa Ehrlicher und a Weiberleit is a ned!', hat er pulvert und hat dann die Küchentür zu ghaut und is rauf in sei Kammer. Der Bua hat noch zu mir gsagt, dass des doch ned sei kann, dass der Opa so mit seim Freind red und dass ich ihm des mal deutlich sagen soll, weil er auf ihn ned hört.

‚Mei, Bua, ich probiers, aber ich hab da wenig Hoffnung bei dem Sturschädel!', des hab ich noch gsagt und bin danach noch kurz zur Afra in Kuhstall. Da hab i gsehn, dass des in der Nacht bestimmt noch losgeht!"

Das Handy von Pietzinger läutet. Er wirft einen kurzen Blick darauf und schaltet es sofort auf stumm.

„Entschuldigens, Herr Huber, immer das Handy ... Aber was geht in der Nacht noch los? Des hab ich jetzt nicht ganz verstanden."

„Mei, Pietzinger! Dass sie kalbt! Die Afra. Des hab ich ihnen doch gsagt."

„Ach, stimmt, dass hab ich vergessn!", erinnert sich Pietzinger.

„Sinds dann noch mal in die Küch zurück oder wo sind sie danach hingangen?"

Der Bauer verliert so langsam die Lust, ständig Fragen zu beantworten, was ihm im Tonfall deutlich anzumerken ist.

„Mei, Pietzinger, wo werd ich um die Zeit hingangen sein? Ha? Ins Bett natürlich! Irgendwann glangts dann, aber bei solchen bevorstehenden Ereignissen wie bei der Afra, da sind meine Ohren trotzdem immer auf Empfang gstellt. Da schlaf i ned richtig. Zwischen drei und hoibe viere ham dann die Küh laut zum Plärrn angfangen. Ich wollt glei mein Bap aufweckn, denn da besteht er drauf, egal wie er beinander is – beim Kaibiziagn, da muss und will er immer dabei sei. Zur Theres hab ich no gsagt, dass sie im Bett bleibn soll, es reicht, wenns nachher in Stall geht, aber die hat eh nix ghört und hat tief und fest gschlafn."

Franz unterbricht den Bauern, obwohl Josef Huber sich große Mühe gibt, alles Erlebte bis ins Detail zu erzählen.

„Und dann habens ihren Vater aufgeweckt?"

Josef Huber überlegt, da ihn die Frage des Kriminalhauptkommissars etwas aus dem Konzept gebracht hat. Der Bauer wirkt müde und abgespannt.

„Ich wollt ihn wecken, Pietzinger, ich wollt, aber der Vogel war ausgflogn. Die Kammer vom Bap war leer, aber wie ich dann die Stiegen runtergangen bin, is er mit der Taschnlampn vor der Küchn gstandn. Wie ein Gespenst is er dagstanden. Mich hats gleich grissen, wie ich mein Vater nur im Lichtschein im dunkln Flur gsehn hab.

,Warum machst denn kein Licht und was machstn mit der Funzl, des is doch a Glump zum Leuchten?', des hab ich ihn gfragt, weil des unser schlechteste Taschnlampn war, die wir im ganzen Haus ham, aber er hat mi bloß angschaut und nix gsagt. I glab, dass der noch an saubernen Suri ghabt hat. Der Speck und des Brot, was ich ihm geben hab, scheint seinen Alkoholspiegel nicht interessiert zu haben.

,Magst ned wieder ins Bett, Bap?', hab ich ihn gfragt, aber er hat nur den Kopf gschüttelt. Mir san dann zam ummi gangen Richtung Stall. I hab mir denkt, hoffentlich dunst er sich noch a bisserl aus, weil er so eine Alkoholfahne ghabt hat, dass des selbst ein Silogeruch

131

nett toppn könnt. Ja, und dann, aufm Weg dorthin, hör ma, wie a Auto wegfahrt. Da is der Bap glei wach worn. ‚Wer fahrt denn jetzt um die Zeit in der Gegend umananander?‘, hat der Bap gfragt. Des war des Erschte, was er überhaupt gsagt hat. Da hab i mir denkt, gut, dass er jetzt so langsam wieder a bisserl frisch wird. ‚Mei, bei den Jungen, da gehen halt die Uhren anders. Wenn mir aufstehn, dann gehn die ins Bett oder fahrn in der Weltgschicht rum!‘ Und alles andere hab ich ihnen ja schon gsagt, Herr Kommissar! Mehr fallt mer jetzt wirklich nimmer ein. Des müsst ja auch glangen, so langsam!"

Doch Pietzinger möchte mehr wissen.

„Herr Huber, haben sie denn eine Vermutung, wer um diese Zeit noch mit dem Auto weg gfahren sein könnt?"

„Naa, Pietzinger, keine Ahnung. Aber jetzt müssns mich entschuldigen, ich seh grad, dass der Tierarzt kommt. Da wirds Zeit, dass der Schorschl beruhigt wird, bevor er sich noch weh duad."

Der Bauer begrüßt erleichtert den Tierarzt und zeigt auf die Stierbox, ohne den Kriminalhauptkommissar weiter zu beachten.

„Weissmüller! Grüß Gott, die Herrn! Es ist leider nicht früher gangen, Herr Huber. Kann ich mir den Stier kurz anschaun?"

„Da müssens den Kommissar fragen, Herr Doktor."

Franz zuckt mit den Achseln und schaut sich nach seinem Kollegen um: „Strasser? Ist die Spurensuche fertig oder muss der Doktor noch warten?"

„Das geht schon, Franz. Ich habe eben von der Spusi ge-

hört, dass alles soweit gesichert ist. Sie können in die Box hineingehen, Dr. Weissmüller. Wir haben, was wir brauchen!"

Franz ist froh, dass er endlich aus dem Stall kommt und überlässt mit einem Kopfnicken dem Tierarzt seinen Platz an der Box des Stieres.

„Gut, dann schau ich mir den wilden Stier einmal an, falls wir überhaupt an ihn hinkommen. Aber vielleicht können die Herrn kurz warten und mithelfen, dem Stier einen Sack über die Augen zu werfen, dann kann ich ihm eine Beruhigungsspritze geben. Das müsste gehen."

Franz schüttelt den Kopf und lehnt mit einer Handbewegung ab.

„Sinds uns nicht bös, Herr Doktor, aber das ist nicht unsere Baustelle, wir sind zum Ermitteln da. Ihr zwei schafft das schon, viel Erfolg, aber das ist nix für mich. Auf Wiederschaun. Strasser?

„Ja, Franz!"

„Komm, wir gehn, das hier ist nix für uns."

Kaffee mit Schmalznudeln

„Karl! Meinst nicht auch, dass es durchaus sein könnt, dass der Huber Bua auf den Don Alfredo sauer war, weil er mit seinem Sascha vielleicht rumgmacht hat, und er ihn dann in die Odlgrubn gschmissn hat?"
Kollege Strasser überlegt und versucht, den vielen, tiefen Pfützen vor dem Stall aus dem Weg zu gehen. Was ihm jedoch nicht immer gelingt, sodass die feinen Schuhe nach wenigen Schritten bereits völlig durchnässt sind. Sichtlich verärgert nimmt er ein Taschentuch und tupft seine Schuhe ab.
„Franz, lass uns ins Bauernhaus hineingehen. Aber warum verdächtigst du jetzt plötzlich den Huber Sohn? Ich dachte du hast die Bäuerin wegen des misslungenen Haarschnitts in Verdacht?"
Franz sieht mitleidig auf seinen Kollegen, der hilflos gegen den Morast an seinen Schuhen ankämpft.
„Ja, so feine Schühchen, des is halt nix, wenn man auf dem Land zum Einsatz muss. Das hab ich dir heut Morgen schon gsagt und auch nicht zum ersten Mal. Aber

des wirst schon noch lernen, Strasser. Glaubs mir. Du hast allerdings recht, dass die Huberin zu meiner Hauptverdächtigen gehört, das stimmt, Karl. Es passt ja alles gut zam. Der Friseurbesuch, der ja wirklich voll danebengangen is. Wenn wir ehrlich sind, is die ja ned zum Anschaun. Dann is sie von ihrem Mann ziemlich zamgschimpft worden. Dann des Gaufest, auf das sie sich so gfreut hat, und wo sie jetzt nur mit Hut hingehen kann, wenn überhaupt.

Auffällig ist der versenkte Kartoffelsack, in der Odlgrubn. Dazu ihre ständige Geheimniskrämerei mit meiner Maria. Die hat mich am meisten aufgregt und stutzig gmacht.

Aber, und jetzt kommt das Aber: Nachdem ich die Bäuerin vorhin vernommen hab, sind mir Zweifel kommen. Sie hat alles so selbstverständlich erzählt, zwar a bisserl nervös, doch sehr schlüssig. Ich lass sie auch noch nicht aus meinem Fokus, aber ich glaube nicht, dass es die Theresia Huber war. Hörst mir überhaupt zu oder putzt jetzt lieber erst deine Schuh weiter?"

Die beiden Beamten sind vor dem Bauernhaus angekommen und Kollege Strasser stellt seinen Fuß auf die Hausbank, um mit einem weiteren Taschentuch seine verschmutzten Schuhe zu säubern.

„Franz, ich bin multitaskingfähig. Also sprich weiter und sage mir, worauf sich dein neuer Verdacht stützt und was das im Klartext heißt!"

„Ganz einfach, Karl! Wenn unsere Kollegen von der Spurensicherung schnell sind, könnten sie mir nachher endlich sagen, ob in dem Sack die Leiche drin war oder, wie der Bauer und die Bäuerin angegeben haben, nur alte Kartoffel. Beim Letzteren wäre meine Maria aus dem Schneider und ich endlich wieder offiziell in den Ermittlungen mit dabei."

Franz sieht sich kopfschüttelnd die hilflose Schuhputzerei seines Kollegen an.

„Bist jetzt endlich mit dem Schmarrn da fertig? Des is ja nicht zum Anschaun, mit deine Schuh. Wir müssen ja eh noch ein paarmal hin und her, hier auf dem Hof. Des is doch umsonst, dein Putzfimmel."

„Franz, das kannst du nicht verstehen. Die Schuhe haben ein Vermögen gekostet und nachdem ich nach Dienstschluss vielleicht noch ein Date habe, möchte ich meine Schuhe nicht ruinieren. Sage mir lieber, warum dieser Sascha Adamek dran glauben hat müssen? Oder denkst du, dass er so tierlieb war und sich alleine zum Stier in die Box gelegt hat?"

„Schmarrn, Karl! Das kann er ja gar nicht freiwillig getan ham. Wie soll er sich denn selber einsperren? Da hat schon einer nachgeholfen. Der Riegel kann von innen nicht aufgmacht werden. Im Übrigen grob fahrlässig, wenn du mich fragst, von diesem Fall abgesehen, schon mal rein grundsätzlich."

„Und warum hat der Adamek dann dran glauben müssen?"

„Ich habs schon verstanden, Strasser. Du wiederholst dich, aber gute Frage! Mei, vielleicht hat dieser Sascha Adamek ein Techtelmechtel mit dem Starfriseur ghabt und der Huber Bua hat das rausgefunden!"

„Du meinst, Franz, dass der Don Alfredo neben seinem

Lebensgefährten Giacomo noch ein Techtelmechtel mit dem Sascha Adamek ghabt hat?"

„Mei, bei so Autofahrten kommt man sich bestimmt näher und lernt sich kennen. Der hat ihn ja überall hingfahrn. Auch abends zum Ausgehen und nicht nur zum Einkaufen nach Öd! Meinst nicht, dass es da gefunkt hat?"

„Etwas viel Liebe auf einmal, Franz, findest du nicht?" Franz ist sich jedoch in seinen Überlegungen sicher.

„Mei, den einen fürs Herz, des wär dann der Sascha gwesn, und den anderen für den Geldbeutel. Vielleicht war die große Liebe mit seinem alten Lebensgefährten Giacomo schon a bisserl verblasst? Außerdem hab ich mir sagen lassen, dass es in dieser Szene durchaus als normal angesehen werden kann, wenn einer mal nach einer anderen Hosen schaut."

„Ach, das hat man dir berichtet? Interessant, was du für gute Informanten hast, Franz, aber das ist mir immer noch zu theoretisch!"

„Strasser, sei es drum. Bevor ich mir jetzt noch länger deine Putzorgie anschaun muss, möcht ich lieber so schnell wie möglich alle, wohlgemerkt alle, vom Sohn bis zum Senior auf dem Präsidium sehn. Und zwar ziemlich zügig. Auch diesen Giacomo. Wie immer der auch sonst noch heißen mag, ich möchte sie alle. Aber halt, der Senior, der liegt ja im Krankenhaus, da fahr ich nachher selber hin. Hast das neben deiner nervigen Putzerei registriert? Also komm in die Hufe."

Strasser betrachtet zufrieden seine geputzten Schuhe.

„Schau, wie neu, Franz! Sind diese Schuhe nicht ein

Traum? Aber, obwohl du mein Vorgesetzter bist, muss ich dich dringend darauf hinweisen, dass du beurlaubt bist. Wenn der Alte das herausbekommt, dass du hier ermittelst und Anweisungen gibst, dann gibt es mehr als Ärger!"

„Ach was, Karl. Stell dich ned so an. Du weißt selber, dass wir unterbesetzt sind und die Aktion vom Alten so unnötig ist wie ein Kropf. Ich fahr jetzt zu dem Huber senior ins Krankenhaus. Vielleicht hat der doch was gsehn oder ghört. Kapier des doch, dass ich so schnell wie möglich den Fall aufklären mag, allein schon wegen meiner Maria. Das verstehst doch, oder?"

„Klar, Franz. Dann fahr jetzt. Ich hab dich hier nicht gesehen und weiß von nichts!"

Theresia Huber hat die Unterhaltung vor ihrem Küchenfenster die ganze Zeit mitverfolgt und öffnet plötzlich das Fenster.

„Grad hab ich aus meinem Kuchlfenster rausgschaut und sie stehn sehn. Möchten die Herrn ned noch a Haferl Kaffee? Gehens, kommens doch in die Küch, Herr Pietzinger. Und sie natürlich auch, Herr Strasser. Sie sind doch heut auch schon so früh aufgstandn, da hats zum Frühstück bestimmt noch nicht greicht!"

„Ja, Frau Huber! Das ist aber nett. Ich wollt mich grad hier verabschieden und ihnen meinen Kollegen, den Herrn Strasser, hierlassen!", antwortet Franz Pietzinger, doch die Huberin lässt nicht locker.

„Oder ist des Bestechung? Aber ich sags niemand, meine Herrn!"

Karl Strasser nützt die Gunst der Stunde, um endlich ins Warme zu kommen, und freut sich über diese unerwartete Einladung.

„Nein, ich glaube nicht, dass eine Tasse Kaffee als Bestechung zählt! Nicht wahr, Franz?"

„Da sagen wir doch nicht nein, Frau Huber. Das ist sehr nett von ihnen. Außerdem haben wir noch einige Fragen, die sie uns beantworten könnten."

Theresia Huber schließt das Fenster und öffnet den beiden Beamten die Haustüre.

„Sehns, dann passt des doch und im Warmen und bei einem Haferl Kaffee lässt es sich gut redn. Mei, sie habens ja auch nicht grad leicht, meine Herren. Da, nehmens Platz. Bittschön, greifen sie zu, ich hab noch frische Schmalznudeln, oder mögens eher was Deftiges? An selber geräucherten Speck hätt ich da und a frisch backenes Brot."

Karl Strasser sieht man an, dass ihm das Wasser im Mund zusammenläuft, doch bevor er seine Wünsche äußern kann, kommt ihm Franz Pietzinger zuvor.

„Dankschön, Frau Huber, aber wir können uns nicht so lange aufhalten. Wir freuen uns auf das Haferl Kaffee und müssen uns dann gleich wieder verabschieden!"

Wenn Blicke töten könnten. Kollege Strasser ist von der großzügigen Ablehnung einer so köstlichen Brotzeit nicht sonderlich begeistert. Hunger plagt ihn, da zuhause in seinem Junggesellenkühlschrank seit Tagen gähnende Leere herrscht. So begnügt er sich mit drei Stück Zucker und viel Milch in seinem Kaffee, um wenigstens etwas gegen sein Hungergefühl zu tun.

„Schad, dass sie nix mögen. Aber ich stell die Auszogenen trotzdem auf den Tisch. Also, das Schmalzgebäck, Herr Strasser, ned dass sie meinen, dass des was Unanständiges is."

Die Gesichtszüge von Karl Strasser hellen sich auf und in Sekundenschnelle, bevor Pietzinger etwas sagen kann, hat Strasser zwei Auszogene, wie das Schmalzgebäck genannt wird, auf seinem Teller.

„Übrigens, meine Herrn, dass ichs nicht vergess, ich hab mein Buam endlich ans Telefon griagt, also bekommen."

Franz stellt seine Kaffeetasse ab und wirft seinem Kollegen einen vorwurfsvollen Blick zu, der mit großem

Appetit das Schmalzgebäck wegputzt.

„Und, haben sie erfahren können, wo ihr Sohn heute Nacht war, Frau Huber? Was hat er ihnen denn erzählt?", fragt Pietzinger die Bäuerin und es ist ihm fast peinlich, als er sieht, wie sein Kollege sich bereits das dritte Teil Schmalzgebäck auf den Teller legt.

Theresia Huber freut sich über den großen Appetit des Beamten.

„Mei, wie mei Bua, ihr Herr Strasser. Der Seppi hat a so einen guten Magen. Des is ja nicht jedermanns Sach, so ein Schmalzgebackenes. So was kennt ihr ned in Nord-deutschland, gell?"

Karl Strasser hat den Mund voll und nickt zustimmend. Franz übernimmt die Antwort: „Nein, Frau Huber, die Preißn da oben, die kennen einiges nicht. Aber jetzt zurück zu ihrem Sohn. Was hat er ihnen denn genau gsagt, als sie mit ihm telefoniert haben?"

„Ach, Herr Pietzinger, der arme Seppi. Er hat gsagt, dass er um halbe viere, heut Morgen, den Giacomo hat abholen müssen. Wissens, die Buam, also mei Seppi und der Sascha, die ham doch auf den am Abend bei uns in der Küch gwart. Der Giacomo, der wollt doch kommen. Für den hams doch so spad noch kocht, wo ich noch gsagt hab, dass des a Schmarrn is und völlig ungsund, wenn ma so spät essen tut!"

„Ja, das wissen wir, Frau Huber, das hat uns ihr Mann schon berichtet!"

Die Bäuerin ist erstaunt.

„Was sie ned sagen, Herr Pietzinger. Des wundert mich aber. Hat sich des mei Sepp merken können? Da schau her! Wissens, er tut immer so, als ob er ned zuhört, deswegn hab ich jetzt nachgfragt."

Kollege Strasser hat mittlerweile die vierte Schmalznudel auf dem Teller und sucht etwas umständlich, mit seinen fettigen Fingern nach einem Taschentuch in seinem Anzug. Theresia Huber bemerkt die Hilflosigkeit des Beamten und kommt ihm geschwind mit einem Geschirrtuch zu Hilfe.

„Da, nehmens des Tücherl, Herr Strasser. Ned, dass sie sich noch den schönen Anzug mit ihren fettigen Fingern ansaun, also schmutzig machen."

Franz schaut genervt zur Zimmerdecke und wirft danach einen flehenden Blick in den Herrgottswinkel, der schön geschmückt neben dem Bauernschrank zu sehen ist.

„Unfassbar!", denkt er sich. „Wie kann man denn nur so verfressen sein. Der Karl muss ja total am Hungertuch nagen, dass er sich jetzt noch eine Auszogne auf den Teller glegt hat."

Pietzinger ist diese Beobachtung mehr als peinlich und er schiebt seinem Kollegen auffordernd die kleine Glasschale mit den Zuckerstückchen hin, um ihn etwas zu ärgern.

„Und? Was hat er weiter berichtet, ihr Sohn, Frau Huber?"

Theresia Huber scheint es Vergnügen zu bereiten, Karl Strasser beim Essen zuzuschauen. Ohne auf die Frage des Kriminalhauptkommissars einzugehen, steht die Bäuerin auf und nimmt den Guglhupf von der Küchenzeile. Mit einem Augenzwinkern stellt sie den Kuchen auf den Tisch und lächelt den Oberkommissar an.

„Greifens ruhig zu, Herr Strasser. Es ist genug da. Möchtens noch ein Schlückerl Kaffee, Herr Pietzinger?"

„Dankschön, Frau Huber, aber machen sie sich bittschön doch keine so großen Umständ und antworten sie bitte auf meine Frage. Der Kollege Strasser dürft jetzt nimmer am Verhungern sein."

Doch die Huber Bäuerin unterstützt den armen Karl: „Jetzt gönnen sie doch dem armen Kollegen no a Stückerl. Ich lauf ihnen schon nicht davon, Herr Pietzinger. Seins nicht immer so streng mit ihrem Kollegen."

Milde lächelnd und mit einem mitfühlenden Kopfnicken sucht Theresia Huber den Blickkontakt mit Oberkommissar Strasser und antwortet gelangweilt auf die Frage des Kriminalhauptkommissars: „Gut, also wenns meinen, dann red mer halt weiter. Also, mei Bua hat dann no erzählt, dass dem Giacomo sei Auto aufm Weg zu uns stehnblieb is, also, kaputt is gwesen. Wissens, da unten in der Stiederinger Au, und der Giacomo hat von dort aus immer wieder versucht, ihn am Handy zu erreichen.

Aber anstatt dass der zfuaß zu uns aufi geht, hat der sich ins Auto glegt und gschlafn, bis mei Seppi zufällig heut früh um hoibe viere die Nachricht auf seim Handy abghört hat. Er soll ihn schnellstens da unten abholen! Als wenn mei Bua nix anders zum Tun hätt. Aber er is halt a guade Haut, mei Seppi."

„Um hoibe viere hört sich ihr Sohn die Mailbox ab, Frau Huber? War er da noch wach?", fragt Pietzinger ungläubig.

„Was weiß denn ich, Herr Pietzinger? Fragens ihn doch selber!"

„Wo ist ihr Sohn jetzt, Frau Huber?"

„Mei Bua, Herr Kommissar?"

„Ja, der Seppi, den mein ich. Sie haben ja nur einen!", antwortet Pietzinger etwas genervt.

„Ja, mei Seppi, der is beim Giacomo! Er hat gsagt, dass er den Giacomo heut Morgen da unten in der Stiederinger Au abgholt hat. Dann hätt er ihn gleich heim gfahren und is bei ihm blieben, weil der total mit den Nerven runter war, wegen seinem Alfredo Schatz. ‚Jetzt gibts ihn nimmer! Ich kann ohne ihn nicht leben', hätt er immer grufn. Deswegen wollt der Giacomo ja am Abend auch zu den zwei Buam hierherkommen, weil er es alleine daheim ned ausghalten hat", erzählt die Huberin.

„Dann sagens bittschön ihrem Sohn, wenn er heimkommt, dass er sich unter dieser Nummer hier schnellstens melden soll. Wir haben noch einige Fragen an ihn."

Frau Theresia Huber nimmt ein kleines Staubtuch aus ihrer Schürze und wischt damit nachdenklich die Krümel vom Küchentisch.

„Ich hab meim Seppi vorhin am Telefon schon gsagt, dass er so schnell wie möglich heimkommen soll und dass was Furchtbares passiert is. Er hat gleich gfragt, was los is, aber ich wollt ihm des ned sagen, des war mir zu arg, ned dass der Bua durchdraht, wenn er nachher im Auto sitzt. Ich kann ihm doch ned am Telefon sagen, dass sei Augenstern vom Stier zamtreten worden is oder dass ihn einer umbracht hat. Des war doch richtig, Herr Kommissar, oder ned?", fragt Theresia Huber.

„Das war sehr gut gedacht, Frau Huber. Wir bräuchten auch noch Namen und Anschrift von diesem Giacomo. Wie schreibt der sich eigentlich? Wissen sie das zufällig, Frau Huber?"

Theresia Huber steckt ihr Staubtuch, mit all den Krümeln darin, zurück in die Küchenschürze.

„Ja freilich, Herr Pietzinger, hab ich ihnen das noch nicht gsagt, wie der heißt?"

„Nein! Sie überraschen mich doch immer wieder Frau Huber! Also, wer ist dieser Giacomo?"

„Ach, Herr Kommissar, der Giacomo is doch der Maier Agnes, also, einer angeheirateten Tante von mir aus München, also, des is derer ihr Bua. Giacomo Meier hoaßt der. Mei, mir ham jahrelang keinen Kontakt mit ihrer ghabt, also, zur Agnes, weil die in der ganzen Weltgschicht rumgreist is. Aber wie es so ist, es schließt sich dann irgendwann doch wieder der Kreis."

Die Bäuerin kommt richtig in Fahrt und wird redselig. Der Kriminalhauptkommissar scheint die richtige Frage gestellt zu haben.

„Wissens, Herr Pietzinger, die Tante hat amoi a Techtelmechtel mitm Italiener ghabt und des is dann dabei rauskommen."

„Was ist dabei rauskommen, Frau Huber?"

„Ja, der Giacomo halt, Herr Kommissar. Die Früchte der Liebe, wie es in de Film immer heißt. Aber zu derer Zeit hat ein uneheliches Kind natürlich ned so gut aufs

Land passt. Des war ja furchtbar, wie die Leut gred ham, und deshalb is sie in Minga, also, für den Herrn Strasser, ‚in München‘ blieben. Da hat auch ihre Mutter glebt und die hat auf den Giacomo immer aufpasst, wenn die Agnes a mal beim Arbeiten war.

Des mit dem Arbeiten war aber eher selten, deswegen hats immer mit der Mutter Streit geben. Mei, und der Bua, also der Giacomo, der hats mit seiner Oma gut verstanden und die hat ihm dann zwoa Mietshäuser vererbt. Sie hat wahrscheinlich gmeint, da wärn die Häuser besser aufghoben als bei der Tochter. Mei, und da hats halt den Bock zum Gärtner gmacht."

„Wie meinens denn das, Frau Huber?"

„Mei, Herr Pietzinger, weil seit derer Zeit der Giacomo keinen Handstreich mehr duad, außer dass er sich mit viele junge Männer rumtreibt und des Geld mit beide Händ zum Fenster rausschmeißt! Des hat mir die Tante Agnes unter vielen Tränen gsagt."

„Hats des gsagt, Frau Huber? Und warum is er, also der Giacomo, dann jetzt so fertig mit den Nerven, wenn er selber so viele Gspusis zur Auswahl hat?"

Theresia Huber muss nicht lange überlegen und hat sofort eine Antwort parat.

„Wissens, Herr Kommissar, der war ja schon lang mit dem Donauer beinander, also mit dem Starfriseur. Er hat zu meim Buam immer gsagt, dass seine Affären nix mit seiner großen Liebe zum Alfredo zu tun ham, des wären zwei Paar Stiefel. Ja, genau so hat er des gsagt. ‚Zwei Paar Stiefel wären des.‘ So hat mir des mei Bua erzählt. Ich habs a nie verstehen können, aber

147

manche denken da halt anders wia mir!"

Karl Strasser sitzt gesättigt und zufrieden am Küchentisch und liest seine Handynachrichten, während Franz Pietzinger mit der Befragung fortfährt.

„Frau Huber, hat des dem Alfred Donauer, also seinem Lebensgefährten, wirklich nix ausgemacht? Is der nicht eifersüchtig gwesn, wenn der Giacomo so geredet hat?" Theresia Huber klatscht in die Hände.

„Ja, sie san guad, Herr Kommissar! Der Don Alfredo war ja um keinen Schoaß besser wie der Bua von der Agnes, wenn ich des einmal so grob sagen darf. Was ich so ghört hab, muss der ja jeder Hosn nachgrennt sein. Die Tante Agnes hat aber immer betont, dass die zwoa trotz aller Eskapaden mit ihrer offenen Beziehung sehr glücklich sind. Des würden wir ned verstehn, des wär in dieser Szene ganz normal. Mei, die Agnes lebt halt scho lang in der Großstadt, da denkt ma bestimmt ganz anders und des is dort wahrscheinlich a scho ganz normal. Aber wenns mich fragen, Herr Kommissar, ich könnt mir des ned vorstellen, des Gschiss! Mir reicht eine Beziehung, mei Sepp, da hast doch gnug an der Backn, meinens nicht?", beendet endlich die Huberin ihre Plauderei.

Franz schmunzelt und sagt: „Dazu kann ich nichts sagen, Frau Huber, das ist für mich Neuland. Aber vielen Dank, dass sie sich so viel Zeit für uns genommen haben, auch für den guten Kaffee. Und vor allem für das Schmalzgebäck. Gell, Strasser?"

Karl Strasser löffelt das letzte Tröpfchen Kaffee aus der Tasse.

„Ja, vielen Dank, Frau Huber, für den Kaffee und das Schmalzgebackene. Es war einfach köstlich."

Theresia Huber freut sich über so viel Lob und schneidet vom Gugelhupf noch ein dickes Stück herunter und wickelt es in ein Papier.

„Da, nehmens des mit, Herr Strasser. Der Tag is ja no lang. Wer weiß, wann sie des nächste Mal was zum Essen bekommen."

Strasser nimmt ohne Zögern das eingewickelte Kuchenstück an und hält es wie einen Schatz in seinen Händen. Pietzinger schüttelt beinahe unmerklich den Kopf. Am liebsten würde er seinem Kollegen das Kuchenstück entreißen und auf den Tisch zurücklegen.

„Also, Frau Huber, wenn mein Kollege Strasser jetzt immer noch nicht satt is, dann müss mer ihn auf Erholung schicken. Gell, Karl? Des müsst ja schon für ein paar Stunden glangen, was du da alles verdrückt hast", sagt Franz mit einem sarkastischen Unterton, und ohne eine Antwort seines Kollegen abzuwarten, wendet er sich Theresia Huber zu.

„Der Kollege Strasser muss jetzt a bisserl was arbeiten, Frau Huber, und ich werd ihrem Schwiegervater im Krankenhaus einen Besuch abstatten!"

„Mei, des is aber liab, Herr Kommissar! Sagn sie ihm bittschön, dass ich so umma eins, wenn ich mit der Küch fertig bin, zu ihm komm. Ich ruf aber nachher noch schnell an und frag, obs auch recht is oder ob er noch a Ruh braucht!"

„Ist gut, Frau Huber, ich werds ihrem Schwiegervater ausrichten! Dann verabschieden wir uns jetzt mit einem

Dankschön und melden uns wieder. Pfia God!"

„Pfia God, die Herrn!"

„Frau Huber, mein Kollege Strasser bleibt noch a Zeitl hier auf dem Gelände. Falls ihnen also noch was einfällt, dann finden sie ihn drüben im Stall oder an der Gruben."

„Is recht, Herr Kommissar. Ich bin in der Küch, wenn mich jemand sucht. Wiederschaun, die Herren."

Die Beamten verlassen das Bauernhaus und als die Türe hinter ihnen ins Schloss fällt, ist auch für Franz Pietzinger der Startschuss für den großen Anpfiff gefallen.

„Strasser, jetzt warst ausnahmsweise a mal schön staad. Also ruhig, oder schweigsam, wie ihr in Norddeutschland des nennt. Aber dass du die ganze Zeit nur isst und dich benimmst, als ob du seit Wochen nix zu essen bekommen hättest, das war ja mehr als peinlich. Ich denk, du bist so ein feiner Schnösel, mit tollem Anzug und saubere Schuh, aber fressen tust wie ein Scheunendrescher. Entschuldige, aber in dem Fall muss ich mich jetzt so deutlich ausdrücken. Und zuhörn, wenn der Chef red, ist zwar eine sehr gute Eigenschaft, aber das heißt nicht, dass man währenddessen die ganze Zeit essen muss. Sag jetzt nix. Du bleibst jetzt bittschön hier vor Ort, bis der Huber Sohn kommt und vernimmst ihn gleich. Meldest dich, wenn sich Neuigkeiten ergeben."

Kollege Strasser kann die Aufregung um das Schmalzgebackene nicht nachvollziehen.

„Also, manchmal bist du schon sehr speziell, Franz.

Da weiß ich wirklich nicht, ob du Spaß machst oder ob du wirklich so bist. Ich habe der Frau Huber eine Freude machen wollen. Du hast ja gesehen, wie gesprächig sie geworden ist, während ich ihr Gebackenes gegessen habe."

„Ach, der Kollege ‚Karl Selbstlos'. Jetzt hörst aber auf. Du hast einen Hunger ghabt wie ein Ochs und hast dich nicht der Huberin zuliebe zwingen müssen. Vier Auszogne hast verdrückt, und weil des noch immer nicht glangt hat, hast dann auch noch den Guglhupf reinpresst. Des war doch keine selbstlose Aktion, Karl. Aber jetzt bist ja gestärkt und kannst zu den Kollegen der Spurensicherung gehen. Gibst mir Bescheid, was der Huber Bua gsagt hat. Servus."

Kollege Strasser verzieht keine Miene und verabschiedet sich von seinem Chef mit einem: „Aye Aye, Captain!"

151

Ein Mordskater

Pietzinger geht kopfschüttelnd zu seinem Auto.

„So, Hupferl, jetzt schaust, dass du anspringst und zwar ohne Gestotter. Wir müssen nach Prien. Komm jetzt, gib dir halt a bisserl mehr Müh. Na also, geht doch. Braves Auto! Hast es dir noch einmal überlegt? Magst doch nicht verschrottet werden?", lobt Pietzinger sein Auto.

Ein Fremder würde diese Art der Unterhaltung bestimmt sehr kritisch betrachten, doch Franz sieht darin ein 'lautes Denken'.

„Ich bin ja gspannt, wie der Huber senior beinander ist und ob ihn der Leichenfund gestern sehr beutelt hat. Den besuch ich jetzt im Krankenhaus. Mei, des wird a langer Tag heid."

Franz fährt über die Landstraße und hört im Radio *Highway to Hell*. Eines seiner Lieblingsstücke, bei denen er immer lautstark mitgröllt. Er dreht den Regler bis fast zum Anschlag auf und die alten Boxen im Auto krachen und vibrieren unter der Last des lauten Liedes.

Pietzinger singt so inbrünstig den Text mit, dass einem das Herz aufgehen könnte.

In Prien angekommen, drosselt er die Radiolautstärke, seinen unmelodischen Gesang und das Tempo seines Wagens. Er muss sich auf die Schülermassen, die sich vom Bahnhof Richtung Schule quälen, konzentrieren.

„Schau, Hupferl, wie sie alle auf der Straßen noch träumen. Ganze Schafherdn san scho wieder unterwegs. Keiner schaut links oder rechts. Jetzt müsstens bloß noch alle blöken. Die Köpf hängens ja alle eh schon runter, als obs am Boden was zum Finden gäb. Und die Gsichter! Mei, da lacht keiner, kein Einziger. Da, schau, neben uns, die Herrn Radlfahrer, die schießen vorbei, als obs allein auf der Welt wärn, und nehmen uns fast den Seitenspiegl mit."

Franz schimpft im Auto laut vor sich hin: „Ja spinn i! Hast des gsehn, Hupferl? Die sind alle farbenblind! Da kann keiner Rot und Grün auseinanderhalten.

Die Seestraß ist um die Uhrzeit richtig abenteuerlich", schimpft Pietzinger. „Aber glei samma durch und am Krankenhaus, dann hast eine Verschnaufpause", beruhigt Franz sein Auto und somit letztlich sich selbst.

Kurze Zeit später steht der Kriminalhauptkommissar vor der Nachtschwester im Krankenhaus, die ihn unwirsch anspricht: „Wer sind sie und zu wem wollen sie?"

Franz setzt sein Charming-Lächeln auf und stellt sich vor: „Mein Name ist Pietzinger. Hauptkommissar, Kripo Chiemsee."

Franz zeigt der Nachtschwester seinen Ausweis.

„Ich möchte gerne zu Herrn Josef Huber! Er ist heute hier eingeliefert worden. Meinen sie, es ist möglich, dass ich ihm einige Fragen stellen kann?"

Die Nachtschwester schaut sich den Ausweis von Kriminalhauptkommissar Pietzinger an und wirkt plötzlich freundlicher.

„Ja freilich können sie das, Herr Hauptkommissar! Da bin ich ihnen sogar sehr dankbar dafür, dann ist unser anstrengender Patient a bisserl abgelenkt und kann jemand anderen rumkommandieren! Sie glauben ja gar nicht, wie dieser Mann die ganze Station hier auf Trab hält!"

Franz Pietzinger ist erstaunt.

„Ach, Schwester, dann war das gar kein Herzinfarkt?"

Die Nachtschwester schmunzelt und schaut dabei auf Franz Pietzingers Ausweis.

„Nein, natürlich nicht, Herr Pietzinger. A bisserl angerannt ist er, der Herr Huber – er hat sich auf der linken

Brustseiten, mit fast zwei Promille im Blut, leicht angestoßen. Ich weiß ja nicht, ob ich ihnen das alles sagen darf?"

Pietzinger beruhigt die Nachtschwester.

„Sie dürfen, glauben sie mir. Ich ermittle in einem Leichenfund. Mehr kann ich ihnen nicht sagen. Ich brauche eine Auskunft von Herrn Huber und möchte wissen, ob er vernehmungsfähig ist."

„Ja, vernehmungsfähig is der Herr Huber ohne Weiteres. Eine Lappalie, wie man so schön sagt. Mehr nicht. Unser Oberarzt hat an dem Flachmann gerochen, den sich der Herr Huber partout nicht hat wegnehmen lassen. Zwetschgenwasser, vermutet er, und das nicht wenig. Daher ist es nicht verwunderlich, dass es im Krankenzimmer wie in einer Ausnüchterungszelle riecht. Sie können gerne reingehen und mit dem Herrn Huber reden, der is wach und bumperlgsund. Er jammert bloß die ganze Zeit, dass er so an Schädel aufhat. Wissens, nach was er die ganze Zeit verlangt? A Weißbier will er, stellen sie sich des vor! Ein Weißbier! Wir sind doch hier kein Wirtshaus! Aber nach der Visite werden wir ihn wieder heimschicken, da kann er dann so viel Weißbier trinken, bis es ihm aus den Ohrwaschl rauskommt."

Franz Pietzinger verkneift sich ein Lächeln und bittet die Schwester, ihn ins Zimmer des „kranken Patienten" zu begleiten: „Ja, dann bringen sie mich bitte in die Höhle des Löwen! Schwester …?"

„Irmgard! Ich bin Schwester Irmgard!"

„Ah, das kann ich mir gut merken, meine Schwester

heißt auch so!", antwortet Pietzinger.

„Mei, wie nett! Wenns Hilfe brauchen, Herr Pietzinger, und der Herr Huber nachher vielleicht hantig wird, dann läutens einfach!"

Der Kriminalhauptkommissar ist von der Freundlichkeit dieser Nachtschwester mehr als beeindruckt, die um diese Zeit bestimmt nichts mehr herbeisehnt, als endlich Schlaf zu bekommen. Trotz aller Müdigkeit bleibt ihr jedoch keine Zeit, darüber nachzudenken, denn der „leidende" Herr Huber hat erneut die Glocke gedrückt.

„Schauns, kaum red man von unserem ungeduldigen Patienten, schon läutet wieder die Glocke. Bestimmt das zehnte Mal, seit er da ist. Kommens mit und überzeugen sie sich selbst, wie gut es ihm geht. Wenn man von dem Kater, den er noch hat, einmal absieht", fügt die Schwester kopfschüttelnd hinzu, während sie mit dem Kriminalhauptkommissar das Krankenzimmer betritt.

„Herr Huber! Da bin ich. Sie haben geläutet? Schauns, ich hab ihnen sogar Besuch mitbracht!"

Josef Huber sitzt erwartungsvoll im Bett und beginnt sofort zu schimpfen.

„Und? Wer hat ihnen des angschafft? I jedenfalls ned. I brauch koan Besuch, Schwester! I hab gsagt, i brauch a kaltes Weißbier, damit mei Schädelweh weggeht. Geht des ned ins kleine Hirnkastl nei? Ha?"

Schwester Irmgard hat die Ruhe gepachtet und zeigt kein Einsehen, dem Wunsch des Patienten auf ein kaltes Weißbier nachzukommen. Sie versucht ihn zu beruhigen.

„Wie oft soll ich es ihnen noch sagen, dass wir hier kein Wirtshaus sind, sondern ein Krankenhaus, Herr Huber!"

Doch der Patient ist uneinsichtig und mehr als grantig. Er lässt sich auch durch die Anwesenheit von Franz Pietzinger nicht aus dem Konzept bringen und würdigt den Beamten keines Blickes.

„Madl, des is mir doch wurscht, ob des ein Krankenhaus is und kein Wirtshaus. A Weißbier dad halt wenigstens helfa! Besser wie des räudige Teegsöff und des andere Graffl, was ihr mir da hergstellt habt."

Schwester Irmgard ist beneidenswert ruhig und Franz staunt, mit welcher äußeren Gelassenheit sie das angespannte Gespräch weiterführt.

„Fehlt sonst noch was, Herr Huber? Hams vielleicht noch einen Wunsch? Kamillentee oder eine Haferschleimsuppe für den geplagten Magen?"

Franz Pietzinger hört eine leichte Schadenfreude in dem Tonfall der Nachtschwester. Aber nur eine minimale. Der arme Patient hingegen reagiert sehr gereizt auf das Angebot von Tee und Suppe.

„Ja pfui deifi, was soll ich denn mit dem greislichen Zeig. Wollts mich da herinnen vergiftn? Ha?", beschwert er sich und wirft dabei wütend sein Kopfkissen auf den Boden.

Mit der Gelassenheit eines Elefanten hebt die Nachtschwester das Kissen auf, schüttelt es aus und bettet es, mit einem milden Lächeln, hinter den Kopf des tobenden Patienten.

Routiniert spricht sie weiter: „Wenn ich des jetzt also richtig versteh, Herr Huber, dann sind sie wunschlos glücklich. Das freut mich, dass mir das, so kurz vor meinem Nachtschichtende, nun doch noch gelungen ist. Dann kann ich mich jetzt um die wirklich Kranken hier auf meiner Station kümmern!"

Mit so wenig Anteilnahme hat der immer noch rauschige Patient nicht gerechnet.

„Mei, is des a böses Weiberleit. So was soll a Krankenschwester sei! Herrschaftszeitn ze fünferl no amoi, i bin krank! Das ist unterlassene Hilfeleistung. Ja genau, unterlassene Hilfe an einem schwer kranken Mann!"

Schwester Irmgard lässt sich jedoch nicht aus der Ruhe bringen und redet mit Engelszungen auf den Patienten ein.

„Nein, Herr Huber, ich kann sie beruhigen, sie sind nicht krank und schon gar nicht schwerkrank. Sie haben nur einen Kater!"

Der unverstandene Patient zeigt erneut, wie viel Restalkohol in ihm steckt und fängt wieder zu schreien an: „So ein Schmarrn, Schwester! Ich hab a Katz dahoam, und koan Kater! So ein Krampf! Wollts ihr mi alle da herinnen für dumm verkaffa? Ha?"

Franz Pietzinger würde die Nachtschwester gerne unterstützen und deutet ihr seine Hilfe an, doch sie winkt ab und redet weiter mit dem grimmigen Patienten.

„Gut, dann sag ichs anders, Herr Huber. Sie haben Kopfschmerzen durch starken Alkoholkonsum. Und die haben sie als Überbleibsel von ihrem gestrigen

Schützenausflug. Wie das alles zustande gekommen ist, können sie jetzt diesem Herrn von der Kripo erzählen. Ich muss ins nächste Zimmer! Wiedersehn die Herrn!"

Mit einem Kopfnicken für den Herrn Huber und einem entwaffnenden Lächeln für den Hauptkommissar verlässt Schwester Irmgard das Krankenzimmer.

Der übellaunige Patient

Josef Huber liegt in seinem Krankenbett und schlägt mit beiden Händen wie ein kleines Kind auf sein Federbett ein. Doch bereits nach wenigen Minuten scheinen ihn seine Kräfte zu verlassen und er lässt sich beleidigt zurück auf sein Kopfkissen fallen. Enttäuscht über die mangelnde Aufmerksamkeit der Krankenschwester wendet er sich dem Kriminalhauptkommissar zu.

„So, und jetzt zu dir, Spezi. Di ham wir ja ganz vergessn. Du stehst da ja immer noch in der Gegend rum. Was macht denn oaner von der Kripo do bei mir, in aller Herrgottsfrüh? Is euch langweilig im Präsidium? Oder war die Nachtschicht zu einsam?", stichelt der unzufriedene Patient. „Wia hoaßt dann du überhabts?"

Angriffslustig sitzt der übellaunige Patient in seinem Bett und wartet auf eine Reaktion des Beamten. Franz kennt diese Art von Menschen nur zu gut, die nach einem Alkoholrausch nicht ernst zu nehmen sind. Daher antwortet er ruhig und sachlich.

„Kriminalhauptkommissar Pietzinger ist mein Name! Ich hätt gern von ihnen gewusst, was sie gestern so alles erlebt haben. Sie waren laut Aussage ihres Sohnes ja schon in der Früh zur Herreninsel unterwegs! Wann sinds denn wieder heimkommen an diesem Tag?"

Der Patient scheint einen lichten Moment zu haben und wird mutig.

„Oha, glei a Kriminalhauptkommissar, scho was Bessers, ha? Aber was geht denn sie des o, wann i hoam kim und wo ich unterwegs war? Dürfen sie mein Sohn oder mich des überhaupt fragen?"

Franz schaut auf sein Handy und liest die Nachricht von seinem Kollegen Strasser, der ihm mitteilt, dass beide Opfer in regem Handykontakt miteinander standen. Doch Josef Huber reißt ihn aus seiner geistigen Abwesenheit.

„Obs des dürfen, hab ich sie gfragt? Oder müssens da bei mir im Krankenhaus jetzt mit ihrem Handy rumspielen?"

Franz klappt sein Handy zu und schaut den Huber Bauern an.

„Ja, das darf ich, Herr Huber! Ich darf sie das fragen."
Als ob sich bei dem Patienten der Schalter umgelegt hat, beginnt er sein Jammern abzulegen.

„Ah so? Des dürft ihr also? Da schau her! Ja, wenn des so is und a Kripoler mich des fragen darf, dann setz di hi. Do geh her an mei Bett. I mags ned, wenn oaner immer von oben runter auf mi schaut."

Josef Huber hält Franz Pietzinger am Ärmel seiner Jacke fest und flüstert: „Meinst ned, dassd mir schnell unten am Kiosk a Weißbier holen könnst, dann fällt mir bestimmt alles wieder ei, was gestern so gwesn is. Des gang doch? So a schnelles Weißbier, bevor der Drachn wieder zur Tür eini kimmt. Des is ja scho a lange Nacht gwesn. Vielleicht vergeht dann mei Amnesie."

Franz Pietzinger fasst nach der Hand des Bittenden und nimmt sie von seiner Jacke. Wortlos greift er danach zur Teekanne und gießt Josef Huber senior eine Tasse mit heißem Kamillentee ein. Der Bauer verfolgt mit sichtlich angeekeltem Blick das Tun des Hauptkommissars und wendet sich verärgert ab.

„Damit kannst die Blumen gießen, Pietzinger. Probiers aus, da schütts eini, in die Vasen. Da wirst gleich sehn, wie sie die Köpf hängen lassen. Deswegn trink i des a ned", mault Josef Huber und deutet auf einen Blumenstrauß, der anscheinend von seinem Vorgänger auf dem Nachtkästchen vergessen wurde.

„Der Kiosk is noch gschlossen!", antwortet Pietzinger teilnahmslos und hält dem Bauern die Teetasse unter die Nase.

„Wenns nicht trinken möchten, Herr Huber, dann sans so gut und fangens zum Erzählen an, damit wir heut noch fertig werden. Sie wollen doch bestimmt auch bald heim."

Die Antwort mit dem geschlossenen Kiosk scheint der Huber Bauer zu akzeptieren, doch der Tee wird kategorisch abgelehnt. Seufzend lehnt sich der Patient in seinem Krankenbett zurück.

Franz Pietzinger wird ungeduldig, als er sieht, wie der

Bauer sich Zeit lässt und nachdenklich mit seiner groben Hand über den grauen, ungepflegten Stoppelbart
streicht. Nach einer langen Denkpause beginnt er endlich zu sprechen.

„Ja, was magst denn alles wissen. Wo soll ich denn da
anfangen?", rätselt er.

„Ab gestern in der Früh. Das würd mir im Moment
schon weiterhelfen, Herr Huber", antwortet ihm Franz
Pietzinger und nimmt dabei sein kleines Notizbuch
aus der Jackentasche.

Josef Huber überlegt angestrengt und räuspert sich.

„Also, Pietzinger, i hoff, dass ich noch alles zam bring.
Jetzt wart a mal. Ja genau. Gestern in der Früh, da bin
i nach Prien gfahrn, zum Schützenausflug. Mir ham uns
alle unten in Stock, am Anlegplatz von de Schifferl,
troffn, weil mir mit dem riesen Schiff an Ausflug machn

wolltn. Und mit dem san mir von Prien aus, so umma achte, losgfahrn. Auf die Insel wollt mer, zum Kini. Erst war a Rundfahrt plant und dann die Besichtigung vom Schloss auf der Herreninsel. Aber allein die Fahrt dahin war ja scho so lustig."

Josef Huber beginnt zu lachen und scheint sich bei dem Gedanken an den gestrigen Tag zu freuen.

„Der Lucki, a Spezi von mir, hat nämlich mitdenkt und die Würfelbecher dabei ghabt. Mei, und da ham wir dann unterwegs scho a mal zum Würfeln und zum Bürsteln angfangen. Weil fürs Trinkn war bestens gsorgt aufm Schiff. Mir ham ja denkt, dass des ois der Schützenverein zahlt. Ham mir denkt und da hats glei noch besser gschmeckt. A guads Schnapserl hats a gebn unds Bier war a hübsch frisch. Des hams gut organisiert ghabt."

Der Huber Bauer kommt richtig ins Schwärmen, doch der Kriminalhauptkommissar unterbricht ihn.

„Wann sinds denn dann gestern heimkommen nach dem Inselbesuch?"

„Inselbesuch? Auf der Insel, da war i gar ned", antwortet Josef Huber mit einem schelmischen Blick und reibt sich dabei die Hände vor Freude.

„Mir ham uns des gschenkt, weil mir nämlich aufm Schiff so a Gaudi ghabt ham, dass mir drei Spezin sitzn bliebn sind, wia die andern alle an der Herreninsel ausgstiegen san. Aber des Eine muss i noch sagn: Wie die alle vom Verein weg warn und des Schiff dann abglegt hat, ham mir dem Kini dann unser Ehr erwiesen. Wir

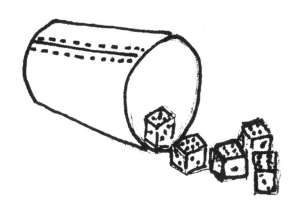

drei san aufgstandn und ham dann auf sei Wohl an-
gstoßn: ‚Auf dei Wohl, Ludwig', ham mir gsagt und
einen Schnaps drauf trunken. Und dann is weitergangen mit dem Würfeln, bis die große Rundfahrt in Prien
fertig war!"

„Und ihre Schützengesellschaft?", fragt Pietzinger.

Der Huber Bauer winkt gelangweilt ab.

„Mei, die warn ja alle noch auf der Insel zum Besichti-
gen vom Schloss. Woaßt, da san a paar ganz ‚Wichtige'
vom Verein dabei gwesn, die mit Architektur und Ge-
schichte alles genau wissen, aber wir ham gsagt, dass
wir in unserm Alter scho gnug wissen und deswegn,
unserm Kini zur Ehr, ihn heut bei de Wirt feiern! Wir
wolltn erst beim Lettn einkehrn, dann in Hirnsberg
aufn Schweinsbratn vorbeischaun und dann weiter zum
Lenzi nach Söllhubn aufi", erzählt der Huber Bauer entspannt.

„So eine Rundfahrt durch die Chiemgauer Wirtshäuser, ham mir uns denkt. Vorher hab ich noch a mal heim müssen, weil mir gmerkt ham, dass vom Verein aufm Schiff des Trinken dann doch ned frei war und mir drei alles selber zahlen ham müssen. Des war nicht geplant. Da war nach der Rechnung fast nix mehr drin im Geldbeutel, für den Rundgang durch die Chiemgauer Wirtshäuser."

Franz Pietzinger schaut auf.

„Wann war denn des so ungefähr?"

Josef Huber überlegt.

„Mei, Pietzinger, wann wird des gwesn sei? I schätz amoi so umma zwölfe Mittag. Da bin i schnell hoam gfahrn. Des Auto is ja unten in Stock am Anlegeplatz gstandn. Des war praktisch!"

Pietzinger schaut den Huber Bauern entsetzt an und notiert sich die Uhrzeit.

„Und dann sind sie trotz der vielen Schnäps und dem Bier noch heim gfahrn?", fragt Franz ungläubig.

Der Bauer winkt beschwichtigend ab.

„Ja, des is ja ned weit zum Hof, Herr Kommissar! Mei Auto kennt ja den Weg. Weißt, Pietzinger, ich wollt mir doch nur schnell ein Geld holn. Gott sei Dank waren meine Leut dahoam zu der Zeit grad alle in der Küch beim Essn, wia i in mei Kammer naufgangen bin!"

Der Kriminalhauptkommissar legt seinen Notizblock weg und schaltet sein vibrierendes Handy aus.

„Ja, hat sie denn keiner gsehn, Herr Huber?"

Josef Huber legt sich den Zeigefinger auf den Mund.

„Psst. Naa, Pietzinger. Gott sei Dank, da war ich heilfroh drum, sonst hätt mei Bua glei zu mir gsagt: ‚Du kommst grad recht zum Pfosten Richtn, Bap!‘, und des is doch mei Ausflugsdog, da wird nix gmacht! Der is mir heilig! Deswegn hab i mi ganz staad ghaltn und bin so leise, wie es gangen is, in mei Kammer raufgeschlichen. Weil, wenn mi dann a no mei Schwiegertochter gsehn hätt, dann wärs aus gwesn mit dem Fortgehn. Die hätt glei gsagt: ‚Bleib do, des glangt doch!‘ Die mags immer ned, wenn i lustig bin, wissens!"

Es klopft an der Türe und der Huber Bauer ruft: „Kimm eini, wennst a Weißbier dabeihast!", und freut sich dabei über den kleinen Scherz, den er lautstark zum Besten gibt.

Die Zimmertüre öffnet sich und zwei Männer im weißen Arztkittel betreten den Raum.

„Guten Morgen, Herr Huber. Hier kommt ihre Visite! Sie schaun ja schon etwas besser aus als heute Nacht."

Franz Pietzinger steht auf und stellt sich den Ärzten kurz vor. Danach wird er höflich gebeten, bis nach der Visite draußen auf dem Flur zu warten. Äußerst ungern unterbricht der Kriminalhauptkommissar die Befragung und verlässt unwillig den Raum. Trotz der geschlossenen Zimmertüre kann er den Huber Bauern schreien hören: „Ich hab überhaupt kein Alkoholproblem. Wie kommts ihr denn auf den Schmarrn. Ihr seids doch bloß neidig, weil ihr selber nix vertragt".

Plötzlich wird es still.

So leicht griagst mi ned

Wenige Minuten später öffnet sich die Türe zu Herrn Hubers Zimmer.

„Sie können wieder reinkommen. Unsere Visite ist zu Ende!"

Mit ernstem Gesicht und ohne weiteren Kommentar gehen die beiden Mediziner an Pietzinger vorbei.

„Mei, die hams a ned leicht", murmelt Franz vor sich hin und betritt das Krankenzimmer. Er sieht Josef Huber, mit einem apathischen Gesichtsausdruck, in seinem Bett liegen.

„Ist alles in Ordnung, Herr Huber?", fragt er ihn vorsichtig.

„Ja ja , basst scho, die zwoa Weißkittl ham mir bloß grad den Kopf gwaschn und mir meine Leberwerte und des andere Glump vorglesn. Mei, wennst des hörst, was ich jetzt alles nimmer dürft, dann kannst ja glei ins Lasso hupfa. Aber des geht di nix o! Kimm, geh her do und setz di hi, du willst bestimmt no was von mir wissn! Oder?"

Franz bekommt fast Mitleid mit dem alten Mann. Noch vor wenigen Minuten hat der Bauer hier die Station auf Trab gehalten und nun liegt er in seinem Bett wie ein Häufchen Elend. Langsam tastet er sich an die Fortführung seiner Befragung und versucht, Josef Huber etwas aufzumuntern.

„Wir sind bei ihrem lustigen Streifzug durch die Chiemgauer Wirtshäuser stehn bliebn. Stimmts, Herr Huber? Des muss ja wirklich eine fetzen Gaudi gwesen sein."

Die Stimmung des Huber Bauern scheint sich etwas aufzuhellen und ein leichtes Schmunzeln huscht über sein Gesicht.

„Da hast recht, mir ham wirklich eine riesen Gaudi ghabt, aber soweit warn wir grad no ned, Pietzinger. I glab, ich hab dir gsagt, dass ich dahoam gwesn bin und noch a Geld gholt hab. Genau, da sammer stehn bliebn, bevor die zwei Weißkittel eini kommen sind und mir den Tag jetzt a no ganz versaut ham."

Der Kriminalhauptkommissar nimmt seinen Notizblock aus der Jackentasche und liest die letzte Zeile seiner Aufzeichnungen.

„Ja, richtig, Herr Huber, da sind wir stehnblieben. Und sinds, nach dem Geld holen, dann gleich wieder zurückgfahrn zu ihre Spezl?"

Der Huber Bauer winkt verneinend ab.

„Naa, i bin ned glei zruck gfahrn, weil wie i an der Odlgrubn vorbeikommen bin, denk ich mir noch: ‚Warum hat denn der Sepp die Klappn von der Grubn offen? Des is ja scho gfährlich!' Grad in dem Moment, wo i mi nach der Klappen bücken wollt, da fährt neben mir a Maserati her. Der hat doch vorn aufm Grill so einen Dreizack. A scheens Auto. Der hätt mi fast zam gfahrn, so dicht is der herkommen. An der Autotür war so eine Glitzerschrift drauf gwesn. ‚Des musst fei scho mögen!‘, hab i mir denkt, aber egal. Erst hab i glabt, dass der Fahrer mi dratzn mag, oder dass der mich kennt und deswegen so nah an mich dran gfahrn is. Dann hab ich gmerkt, dass der mi ja gar ned registriert hat. Der Büffl! Als ob ich so schmächtig bin, dass man mi ned sigt. Aber jetzt kommts erst, Pietzinger! Wie ich dann ins Auto reinschau, weil ich wissen wollt, wer des is, da seh i, wie sich die zwoa Männer küssen.“

„Haben sie die Insassen des Wagens erkannt, Herr Huber?“

Der Bauer richtet sich in seinem Bett auf und wird wütend.

„Ja logisch hab ich einen von dene kennt. I hab glabt, i seh ned recht, weil der oane nämlich des Gspusi von meim Enkel war. Dieser Sascha, der Hallodri, der elendige. ‚Warum küsst der den Andern?‘, hab ich mich noch gfragt. Aber ich habs gwusst und immer wieder gsagt, dass der Kerl koa Guader is. Der Ander, der daneben gsessn is, also den er abbusselt hat, der war so bunt anzogn, als wenn er zur Maschkera gehn dad. Des hast sogar durch die Scheiben gsehn.“

„Haben sie den anderen schon einmal gsehn, Herr Huber? Kann das vielleicht eine Kundschaft von ihrem Hof gwesen sein?“

„Mei, da dürfens mich ned fragen, aber des kann scho

sei, dass des a Kundschaft war, weil der spader nach der Theres gfragt hat. Also i hab den ned kennt, Pietzinger. So ein Kanarienvogel wär mir sicher aufgfallen. Des bunte Kasperl is dann richtig zamzuckt, wie er mich durch die Scheibn gsehn hat. I bin ja extra noch a mal ganz nah dran gangen, so dass mei Nasn an der Scheibn angstoßen is. Mei hats den grissn! Richtig erschrockn is der. Wahrscheinlich des schlechte Gwissen, des ihn packt hat."

Der alte Bauer amüsiert sich und fängt laut zu lachen an. Er scheint diese Erinnerung richtig zu genießen und reibt sich dabei schadenfroh seine Hände.

„Pietzinger, des hättst sehn sollen, wie des Kasperl glei zwider worn is und die Autotür aufgrissen hat. Dann is er ausgstiegen. Ganz frech hat er gfragt, was es hier zum Schaun gäb und ob ich hier der Knecht bin und ich soll ihm etwas zügig und flott die Theresia Huber holen. Er hätte eine Bestellung abzuholen! Des sagt der zu mir! Ja wo sammer denn! Woaßt, Pietzinger, und dann hat der einen Kommisston drauf ghabt, wos mir dabei meine letzten Haar aufstellt. Wennst verstehst, was ich mein."

Josef Huber richtet sich auf und kommt richtig in Rage.

„‚Naa, Josef, wegen so einem Kanarienvogel regst dich ned auf‘, des hab ich mir denkt und hab überhaupts ned drauf reagiert. Was moant denn der, wer ich bin? I bin doch ned sei Hiwi!"

Franz Pietzinger notiert sich die Aussage.

„Und was ist dann passiert?"

171

„Was soll denn passiert sei? Nix is passiert, Pietzinger!
Bloß, dass der Kanarienvogel, also der Kasperlkopf
halt, dass der mi noch dumm gfragt hat, ob ich immer
so langsam schau! Dass i ned lach! Was glabt denn der,
wen er vor sich hat? ‚Schleich di, du Depp!‘, hab i dann
zu eam gsagt und dann is er glei no frecher worn.“
„Was hat er denn zu ihnen gsagt, Herr Huber?“
Der Bauer bekommt einen roten Kopf. Diese Aufregung scheint die Lebensgeister in ihm zu wecken.
„Woaßt, was der zu mir gsagt hat, Pietzinger? ‚Ich soll
in meinem Alter froh sein, dass man mich nicht gleich
überfährt!‘, des hat er gsagt. Und dass ich nach Alkohol
stinke wie eine alte Schnapsdrossel“, antwortet der
Senior und gerät weiter in Rage.

„Der Ander, der Spargeltarzan! ,Magst oane aufgstrichn ham?', hab ich ihn dann gfragt und er fangt zum Lacha o und sagt, dass ich mich in meinem Alter nicht überanstrengen soll, das würde wehtun! Des hat mir dann glangt. Mei, und da hab i eam oane aufgstrichn – dem Kanarienvogel!"

„Und was heißt das genau, Herr Huber? Haben sie ihm dann einfach eine Watschn oder einen Kinnhaken geben?"

„Ja, Pietzinger, wenn ich dem eine mitgeb, dann hoaßt des ned, dass ich ihm a Watschn geb, des wär ja viel zu wenig. Naa, der hat a saubere ans Kinn griagt. Woaßt so an kurzn, festn Haken, mit der Faust auf die Kinnspitzn. Da tuts wenigstens weh. ,Jetzt hast lang gnug drum bettlt!' hab ich noch zu ihm gsagt."

„Und? Herr Huber, hat er zurückgschlagen? Des lässt man sich doch nicht einfach so gfallen! Wie hat er reagiert? Versuchen sie sich bitte dran zu erinnern. Ist er gstürzt?"

Josef Huber klatscht laut in die Hände.

„Zurückgschlagn? Des Grischberl? Da lach ich ja wie a Hex! Bevor der die Hand hätt heben können, da hätt der die zweite schon in der Bappn drin ghabt. Naa, der hat nix mehr gmacht, außer bleed gschaut und gjammert. Ich hab mich dann umdraht und bin gangen. Der hat froh sein können, dass des so eine leichte war, die ich ihm mitgebn hab! Der ander Depp hat dann a no ausm Auto raus pulvert und ich hab ihn gfragt: ,Magst a no oane, fürs Schmusen mit dem Kasperlkopf?' Und dass ich des dem Seppi sag. Darauf kann er sich verlassen. Mei, und dann bin i zu meim Auto."

„Ja, haben sie die Klappe von der Gruben nicht vorher gschlossen? Das wär doch wichtig gwesen, wenn ihnen das eh schon aufgfallen is!"

„Naa, an den Deckel hab i nimmer dacht. Des war mir a echt zu dumm und i wollt ja wieder zu meine Freind."

Pietzinger schüttelt den Kopf.

„Und weiter, Herr Huber!"

„Mei, viel gibts da nimmer zum sagn. Wie i dann zum Auto gangen bin, hab i mi noch a mal umdraht. Da hab ich gsehn, wie der Ander, also der Hallodri, aus dem Auto gsprungen is. Der wollt dem Kanarienvogel aufhelfen, weil der komplett im Baaz glegn is. Koa Wunder, wennst so dünne Haxerl hast wie der. Bei dem hat eben die Kraft gfehlt zum aufkommen. Pietzinger, des war ein Schauspiel, mich hätts vor Lachen fast zrissen, wie die zwei in dem schlammigen Odlbaaz umanander danzt san. Des kannst du dir ned vorstelln. Wie beim Schlammcatchen. Der Schönling hat rumgfuchtlt und der Hallodri hat den ganzen Zorn abgriagt. ‚Des is recht!', hab i mir denkt. ‚Jetzt liegts alle zwei im Dreck, aber aufbassn müssts, dass koaner ind Grubn eini fallt!'", erzählt der mittlerweile sichtbar nüchtern gewordene Patient.

„Hams sonst noch was beobachtet, bevor sie weitergangen sind? Vielleicht hat man doch ihre Hilfe gebraucht und sie haben einfach nur weggschaut! Vielleicht hams auch gsehn, wie der in die Gruben gfallen is und wollten einfach nicht helfen?", möchte Franz Pietzinger wissen.

174

Der Huber Bauer beschwichtigt den Hauptkommissar. „Naa, naa, Pietzinger! So a Grober bin i fei ned! Wenn i des gsehn hätt, dass da einer eine Hilfe braucht, dann hätt i eam scho gholfn, a wenn er no so ein Kasperlkopf gwesn wär. Naa, der Depp hat mir ja dauernd noch nachgschimpft. Dem is ned schlecht gangen, der war bloß sternvoll Dreck, der Kanarienvogel. und sei Gspusi a." Der Bauer gähnt immer wieder und die Befragung scheint ihn sichtlich anzustrengen.

„Sie sind dann also gfahrn! Wissens überhaupts noch, wo sie überall an dem Abend waren, bei so vielen Wirtschaften, Herr Huber?"

„Logisch woaß i des no, Pietzinger. Wie gsagt, gstartet sind wir, beim Lettn, des is a Wirt im Tal drunten. Spader sammer des kleine Bergl rauf und san in Hirnsberg beim nächsten Wirt einkehrt. Guad gessn, Karten gspielt und dann is weiter zum Lenzi aufi gangen. Des Wirtshaus in Söllhubn war dann unsere letzte Station. Danach hats uns allen auch hübsch glangt. Du woaßt ja, wie es is. Bei so einer Männertour, da kommst einfach ned weida, a wennst noch so gern heim magst. Einer hat immer sei Glaserl noch voll."

Franz staunt über die beachtliche Kondition des Josef Huber und kann sich seine Leberwerte durchaus vorstellen.

„Wie sind sie dann heimkommen, Herr Huber?"

Der Bauer überlegt angestrengt und kommt zu keinem Ergebnis.

„Des woaß ich wirklich nimmer, Herr Kommissar! Des müssens mein Buam fragn, obs Auto in der Garage war oder ned! Hoid, logisch! Freilich hab ichs Auto in die Garage gfahrn, weil der Bua, der wollt mir danach wieder amoi den Schlüssl wegnehmen. ‚Des is mei Schlüssl und der bleibt in meiner Hosn!‘, hab i no gsagt. Der hat mi nämlich sauber gschimpft, weil i mit meim Hackl no gfahrn bin. Mei Sach. Auf alle Fälle wars a scheener Ausflugstag. Bis auf den Kasperlkopf halt."

Josef Huber greift nun tatsächlich zu der Tasse Tee, die ihm der Kriminalhauptkommissar zuvor angeboten hat und trinkt sie mit einem Zug leer.

„Ja, so ein Brand muss gelöscht werden, da ist es gleich, was man trinkt. Gäh, Herr Huber? Aber wissens denn sonst noch was vom gestrigen Abend?"

Der Huber Bauer überlegt angestrengt und versucht, sich zu erinnern.

„I glab, dass mir mei Bua noch a Scheibn Brot und an Speck mitgebn hat zum Aufsaugn vom Alkohol, hat er gmeint. In der Küchn san die andern zwoa Buama a no gsessn. Der Seppi mit seim Schluri, der Mittag den Andern abbusselt hat und der mir so nachgschimpft hat. Ich sollt mich zu ihm und seim Hallodri dazusetzn. Aber naa, zu so einem wie dem da setz ich mich ned hin. Der hat eh dumm gschaut und wird froh gwesen sei, dass ich ihn ned verratn hab, der falsche Fuffzger. Ich war saumüd und bin dann in mei Kammer rauf gangen und hab mi sogar mit dem Gwand aufs Bett glegt. Des hats scho lang nimmer gebn, dass ich in voller Montur eingschlafn bin."

Es klopft kurz an der Zimmertüre und eine junge, bildhübsche Krankenschwester betritt den Raum. Beide

Männer schauen sich an und nicken erfeut.

„Ich müsst den Blutdruck beim Herrn Huber messen, damit wir für seinen Hausarzt die Entlassungspapiere fertigmachen können. Wenns so nett wären und mir kurz ihren Arm geben, Herr Huber."

Franz geht etwas zur Seite, damit die zierliche Krankenschwester, mit ihren auffallend himmelblauen Augen, genügend Platz hat.

„Soll ich kurz rausgehen?", fragt Franz.

„Wenn unser braver Herr Huber nichts dagegen hat, dann dürfens gern dableiben. Wir machen ja nix Schlimmes, des is eh gleich passiert und dauert nicht lang!", antwortet die Schwester und der Senior wird zum alten Haudegen.

„Moanst du Dirndei, dass i so a Braver bin, ha? Dass du di da fei ned deischen duast."

Die Krankenschwester lächelt verlegen und beeilt sich, so schnell wie möglich ihre Pflicht zu tun. Leise wie eine Elfe verlässt sie danach den Raum und wird von den bewundernden Blicken der beiden Männer bis zur Türe begleitet.

„Des is ganz a Scheene, Pietzinger, und a Liabe. Solchene gibts ned oft. I moan, die Kombi, von schee und liab."

„Herr Huber, sie ham ein gutes Auge, aber wir müssen fertig werden. Gibts bei ihnen sonst noch eine Erinnerung an heut Nacht? Sind sie vielleicht durch irgendein Geräusch geweckt worden, oder wissen sie noch, wann sie aufgewacht sind?

Der Huber Bauer muss nicht lange überlegen.

„I woaß no, dass ich einen mords Durscht ghabt hab.

177

Der muss mich regelrecht aufgweckt ham. So umma drei in der Früh is des gwesn. Des woaß i deswegn so genau, weil ich in der Küch auf die Uhr gschaut hab. Und da seh ich den Schluri sitzn. Allein am Küchentisch is der gsessn."

„Der Sascha Adamek?", fragt Pietzinger.

„Ja, der Sascha halt! Ja, und der sitzt do und hat mei gutes Zwetschgenwasser in der Hand und reart wie a kleines Kind! ‚Des is mei Zwetschgenwasser!', hab i zu eam gsagt. ‚Was saufst des a zam, wennst des eh ned vertragst. So einen Rearbeidl brauch mer ned am Hof und so einen wie dich zwoamal ned. Schleich di, du falscher Fuffzger. Wir brauchen an Bauer, der arbeiten kann, und keinen Hallodri!' Kaasweis im Gsicht is der gwesn. Mei, hat der ausgschaut. Des Bürscherl war ned gut beinander. Der hat noch einen größeren Suri ghabt als ich. Des kannst mer glauben, Pietzinger. Und dann muss ich ihn ausm Haus gschmissn ham. Des woaß i no, dass ich die Tür glei hinter ihm abgsperrt hab, dass er ja nimmer eini kann!"

„Was haben sie dann gmacht, Herr Huber?"

„Sie san ganz schön anstrengend, Herr Kommissar, was sie alles wissen wolln! Ham mers jetzt dann bald?"

„Herr Huber, es ist wichtig, dass sie mir jede Einzelheit berichten, auch in ihrem eigenen Interesse."

„Wenns sei muss, Pietzinger. Lass mi kurz überlegn. Ah, ja. Genau! Erst hab i mir die Flaschn mit dem Zwetschgenwasser gschnappt und den Rest davo in meinen Flachmann gfüllt. Dann bin i noch a mal kurz aussi, um zu schaun, ob der Hallodri a wirklich weg is. Da hab ich den Schorschl ghört, also, unsern Stier, wie der rumdeiflt hat. Der hat richtig gsponnen und i wollt wissen, warum. Deswegn bin i mit der Taschenlampn glei zum Stall marschiert. Des Türl zur Stierbox is offen gstanden. ‚Ned guad', hab ich mir denkt. ‚Des hat der Bua wieder ned richtig verriegelt. Da ist bestimmt die Katz zum Schorschl eini! Do draht der richtig durch. Weil Katzen mag unser Stier überhaupts ned. Jetzt is a Ruh da drin', hab i noch zu ihm eini plärrt, weil er gar a so laut gscharrt hat. Woaßt, Pietzinger, des is so a Drum von Stier, zu dem brauchst ned eini gehn. Dann wollt ichs Türl zusperrn, aber des hat klemmt und war sauschwer zu bewegen. Da muss sich irgendwas eini zwickt ham. ‚Herrschaftszeitn, warum gehst denn ned zua?‘, aber mit Gwalt hab ichs dann endlich zubracht. Des war gar ned so einfach, bei dem Gschrei und Gescharre von dem Stier. So hat der no nie gsponnen! Da is mir glei ganz anders worn.“

Franz wird es plötzlich heiß.

„Haben sie denn nicht nachgschaut, warum die Tür so stark klemmt, Herr Huber?“

„Ja sie san guad. I war ja froh, dass die Tür endlich zu-gangen is. Meinens, dass ich zu dem rein geh, wenn der sein Gspinnerten hat? Ja wirklich ned, Herr Kommissar! Außerdem wars ja finster, weil die Funzel von Taschn-lampn nix hergeben hat.“

„Ist ihnen das nicht seltsam vorkommen, dass der Stier, mitten in der Nacht, so zum Toben anfängt? Schaut man da ned a bisserl genauer nach?“

Der Bauer winkt ab.

„Mei, Pietzinger, wenn ich jedem Plärrer hinterher ren-nen dad, da hätt ich viel zum nachschaun auf unserm Hof, da würd ich ja nimmer fertig werden. Außerdem hat drüben mei Bua scho auf mich gwart, weil die Afra doch am Kalben war.“

„Und dann sinds einfach gangen, Herr Huber?“

„Ja, warum ned? Des Türl war zu und der Schorschl war gut aufgräumt. Außerdem is mir ziemlich schlecht gangen, aber des war ja logisch nach so einem langen Wirtshaustag. Ich hab dann erst spader wieder zum Schorschl einigschaut, weil der Bua mi ummi gschickt hat. ‚Da muaß doch was sei Bap! Schau zum Stier eini, warum der immer noch so spinnt!', hat er gsagt.

Ich hätt ja nie im Leben denkt, dass do oaner drin liegt. Der Sascha, hams gsagt, is des gwesn. Der Hallodri muaß so an Hackl von meinem Zwetschgenwasser ghabt ham, dass der ned gmerkt hat, dass er zum Stier eini gangen is. Mehr woaß i ned, Herr Kommissar. Glangt ihnen des jetzt endlich?"

Pietzinger kann es nicht verstehen, dass dieser Bauer so wenig Regung zeigt.

„Ja, Herr Huber, berührt sie denn das gar nicht, dass ein Mensch durch ihr Verschulden von einem Stier regelrecht zertretn worden is? Das muss doch ein schrecklicher Tod gwesn sein! Hams denn kein schlechtes Gewissen? Des müsst ihnen doch leid tun, dass sie da ned reingschaut ham. Der Mann könnt bestimmt noch leben! So habens ihn vielleicht sogar selber rein gschoben, weil er hinter der Tür glegen is. Deshalb wird die Tür so schwer zugangen sein. Unfassbar, Herr Huber! Könnens denn da überhaupt noch in Ruhe schlafen?"

Der Bauer legt sich in sein Krankenbett zurück und schaut teilnahmslos an die Decke.

„Geh, Pietzinger gib mir noch ein Schlückerl von dem greislichen Tee, es is ja sonst nix anders da, um meinen Durscht zu löschen."

„Ich hab sie was gefragt, Herr Huber! Lenkens nicht ab! Kanns nicht so gewesen sein, dass sie doch nachgschaut ham, warum die Tür so schwer zu schließen is? Wissens, den Ahnungslosen kauf ich ihnen irgendwie ned ab. So ruhig, wie sie des hier erzählen, als ob nix passiert is, dabei wurde ein Mensch von ihrem Stier zertrampelt!"

„Ja und, was geht mi des o? Hab ich dem Schluri angschafft, dass er in den Stall gehn soll? Des is doch a Depp. Jedes kloane Kind weiß, dass mer ned zu einem Stier in die Box geht. Des is doch koa Wunder, wenn der Schorschl da zum Spinnen anfängt. Meinst vielleicht, dass so a starkes Vieh, so mir nix, dir nix, einfach einen neben sich schlafa lässt? Des is ja kein Schoßhund ned."

„Aha, dann hams vielleicht doch was ghört oder gsehn? Warum habens dann ned glei, beim ersten Besuch, in die Box reingschaut? Sie hätten sicher diesen Menschen retten können, Herr Huber. Stattdessen hams die einmalige Gelegenheit genützt, um den Adamek aus dem Weg zu räumen. Getarnt als bedauerlichen Unfall eines Betrunkenen. Sie müssen doch zugeben, dass ihnen des Gspusi von ihrem Enkel von Anfang an ein Dorn im Auge war! Da hat des doch gut passt, dass der Mann betrunken war und zum Stier reingangen ist! Sie haben nur noch die Tür zusperrn müssen! Wars nicht so, Herr Huber?"

Der Bauer richtet sich auf und schaut Pietzinger fest in die Augen.

„Naa, naa, Pietzinger. So leicht griagst mi ned. Du kannst mir gar nix nachweisen. Aber rein gar nix. Ich war betrunkn und des ned wenig! Dafür gibts genügend Zeugen! Da brauchst nur die Ärzte und Schwestern fragen! Wennst magst, dann kannst des sogar schriftlich ham, des is überhaupt kein Problem. Die Promille von der Blutuntersuchung werdens dir gern geben. Pietzinger, des war a Unglück, und dafür gibts sogar noch eine gute Erklärung: Der Schorschl wird ned die Katz, sondern den Schluri gsehn ham, und is total erschrocken. Darauf wollt der Stier ihn raushaun aus seinem Reich. Des war Pech für den bsoffenen Hallodri, dass der Schorschl dann so grantig gworden is. Ich nenn es Gerechtigkeit und oft regelt sich manches allein! Da brauchst gar nicht viel dazutun."

„Meinens, Herr Huber, dass man in dem Fall nicht viel dazutun hat müssen?"

„Mit dem, dass ich die Tür zugsperrt hab, is dem Buam viel Leid erspart bliebn. So schauts aus, Pietzinger! Des heißt no lang ned, dass ich deswegen schuldig bin. Da brauchst mi jetzt gar ned so anschaun."

Am liebsten hätte sich der Bauer einen Orden umgehängt.

„So einfach ist das nicht, Herr Huber. Wir werden genau prüfen, in wieweit sie schuldfähig sind und herausfinden, ob der Sascha Adamek zu dem Zeitpunkt noch gelebt hat. Sie können sicher sein, dass wir jeder Eventualität nachgehen. Selbst wenn sie unwissentlich gehandelt haben, können sie trotzdem wegen grober Fahrlässigkeit und unterlassener Hilfeleistung belangt werden. Das kann bis zu drei Jahre Haft bedeuten. Nur damits sehen, dass ein Unfall keineswegs bewiesen ist, zumal sie ja immer wieder betonen, wie sehr sie diesen Sascha Adamek gehasst haben. Es könnte sogar schwere Körperverletzung oder Mord gewesen sein."

Pietzinger blickt auf einen alten, grinsenden Mann, der

sich seiner Sache mehr als sicher ist.

„Von mir aus, denkst wasd magst, Kommissar, mir is des wurscht. Da lass ich mir jetzt nix anhängen und mit dem Nachweisen, da wirst dich schwertun. Ich war schließlich betrunken. Ich sag, dass ich nicht gwusst hab, dass da noch einer im Stall drin war! Was willst dagegen machn? Sigst es! Nix kannst machn. Nenns ein Unglück, dann hat die liebe Seel a Ruh. Und jetzt mog i nimmer! Wennsd sonst noch was von mir magst, dann kommst ein andermal wieder. Pfia di.“

Der Bauer legt sich auf die Seite und streckt Franz einfach seinen Rücken zu.

„Herr Huber, ich bin wahrscheinlich schneller wieder da, als ihnen lieb ist. Das ist noch nicht vorbei.“

„Is scho recht, Pietzinger! Pfia di.“

„Sie werden von mir hören. Auf Wiederschaun.“

Franz verlässt das Krankenhaus. Kurz darauf läutet sein Handy.

„Pietzinger! Servus Karl, was gibts? Ja, ich komm grad vom Huber. Grad gfreut hat er sich, dass es den Adamek nimmer gibt. Echt? Da schaut die Sache jetzt schon a bisserl anders aus. Ich hab schon so ein Gfühl ghabt, dass da noch was kommt. Wo ist der Autoschlüssel glegen? Hinter der Tür! Quasi im Stall von dem Stier. Dann hat der Bauer also doch reingschaut! Er muss ihn gesehen ham! Aha!“

Polizeibericht:

Am Mittwoch, den 16. Juli 2014, wurde in Öd am Chiemsee, auf dem landwirtschaftlichen Anwesen der Eheleute Josef und Theresia Huber, gegen 15.30 Uhr eine männliche Leiche in der Jauchegrube aufgefunden.
Josef Huber junior (50 Jahre) barg den Toten.
Seine Frau Theresia Huber konnte das Opfer identifizieren.
Es handelt sich hierbei um den ihr persönlich bekannten Friseur Alfred Donauer, alias Don Alfredo, aus Prien am Chiemsee.
Die polizeilichen Ermittlungen ergaben, in Abgleich mit den Ergebnissen der Spurensicherung und der Gerichtsmedizin, dass Alfred Donauer durch einen Sturz zu Tode kam.
Laut Gerichtsmedizin war Alfred Donauer bereits tot, als er in die Jauchegrube stürzte bzw. geworfen wurde. Der mutmaßlich beteiligte Sascha Adamek wurde von Josef Huber senior dabei beobachtet, wie er dem Opfer an der Jauchegrube aufhelfen wollte, da es immer wieder, nach Angaben des Josef Huber senior, in dem Morast an der Jauchegrube ausrutschte.
Ob der Sturz ein Unfall war oder eine Affekthandlung des Sascha Adamek, konnte nicht rekonstruiert werden. Sascha Adamek konnte hierzu keine Angaben mehr machen, da er am 17. Juli gegen 4 Uhr früh von Josef Huber senior in der Stierbox auf dem Huber Anwesen in Öd tot aufgefunden wurde.

Hergang:

Um 3 Uhr früh verwies Josef Huber senior den stark alkoholisierten Sascha Adamek des Hauses.

Gegen 3.30 Uhr wollte er sich vergewissern, ob der Betrunkene sich noch auf dem Gelände des Anwesens befindet. Bei dieser Überprüfung wurde der Bauer auf die lauten Geräusche des tobenden Stieres aufmerksam und ging zum Stall. Dort bemerkte er die nicht verschlossene Boxentüre des Stieres.

Nach seiner Aussage versuchte er mit aller Kraft die Türe zu schließen, was ihm anfänglich nicht gelang. Weiter behauptet er, nicht überprüft zu haben, warum die Türe so schwer zu schließen war. Nachdem es ihm schließlich doch gelungen war, begab er sich zu seinem Sohn, um ihm bei einer Kuh zu helfen, die am Kalben war.

Da die Schreie des Stieres weiter anhielten, ging Josef Huber, auf Geheiß seines Sohnes, gegen 4 Uhr früh erneut zum Stall des Stieres. Josef Huber öffnete die Türe und fand Sascha Adamek auf dem Boden liegend.

Trotz sofort gerufenem Notarzt kam für Sascha Adamek jede Hilfe zu spät.

Die gerichtsmedizinischen Untersuchungen ergaben, dass sich Sascha Adamek unter starkem Alkoholeinfluss in die Stierbox gelegt hatte und infolge der Tritte des Stieres verstarb. Es ist nicht erwiesen, ob das Schließen der Boxentüre durch Josef Huber senior (75 Jahre) wissentlich geschehen ist und dadurch ausschlaggebend für den Tod des Sascha Adamek war.

Josef Huber senior erlitt einen Schwächeanfall und wurde mit dem Krankenwagen zunächst nach Prien ins Krankenhaus gebracht.

Im Stall des Stieres wurde der Autoschlüssel von Josef Huber sichergestellt. Er gab an, diesen beim Auffinden der Leiche verloren zu haben.

Die Ermittlungen sind noch nicht abgeschlossen.

Franz Pietzinger, Hauptkommissar
18. Juli 2014, Prien am Chiemsee

Bei den Pietzingers Zuhause

„Spotzei, ich bin daaaa …! Wo bist, mein Engerl?"
Franz wird zuhause schon aufgeregt erwartet.
„Endlich, Franz! Wo bleibst denn? Ich wart und wart
und hab schon dacht, dass du überhaupt nimmer heim-
kommst!"
„Oh! Mei Spotzei hat Sehnsucht nach mir. So eine tolle
Begrüßung! Des tut gut, nach dem langen Tag, des
kannst mir glauben! Aber die vielen Stunden haben
sich gelohnt! Maria, ich hab eine gute Nachricht für
dich!"
Pietzinger nimmt seine Frau liebevoll in den Arm und
gibt ihr ein Bussi auf die Backe. Sein Spotzei ist jedoch nicht sonderlich empfänglich für Zärtlichkeit.
Nein, sie überschüttet ihn geradezu mit Vorwürfen.
„Franz, warum schreibst du mir denn ned, obs im Fall
von der Huberin was Neues gibt? Ich dreh den ganzen
Tag schon dermaßen am Radl, des kannst du dir nicht
vorstelln! Warum lässt mich denn so im Ungewissen?
Du hättst mir wenigstens kurz Bescheid geben können,

ob die Huber Theres mich als Mittäter benützt hat, oder ned? Wennst schon zu mir sagst, dass ich wegen Beihilfe dran sein könnt! Mit so einer Aussage lässt du mich einfach stehn und gehst! Des is mir dann nimmer aus dem Kopf gangen! Dauernd hab ich dran dacht und mich schon im Gfängnis gsehn!"

Maria ist völlig aufgelöst und lässt Pietzinger nicht zu Wort kommen.

„Franz, ich hab immer wieder aufs Handy gschaut und nach unserm Telefon ghorcht. Nix wars. Kein Anruf, keine Nachricht. Nix! Mir hätt ja schon eine kurze Info glangt, aber naa, du lässt mich lieber den ganzen Tag schmoren. Ein Dreckstag war des!"

„Spotzei, jetzt lass mich halt auch a mal was reden! Setz dich hin! Da, nimm dir den Stuhl und hör mir einfach zu. Einfach nur zuhörn."

Maria setzt sich hastig hin und es ist ihr wirklich anzusehen, wie sehr ihre Nerven blank liegen.

„Also, pass auf, Spotzei! Wie ich im Präsidium angekommen bin, hat mich der Dr. Lederer gleich zu einer Besprechung in sein Büro zitiert. Als er gehört hat, dass du in den Fall verwickelt bist, hat er ihn mir sofort weggnommen und mich beurlaubt. Der wollt sich auch auf keine Diskussion einlassen. Ich hab ihm zwar gsagt, dass du nie und nimmer was mit dem Toten zu tun hast, aber er hat nicht mit sich reden lassen ..."

„Ja, Franz, warum denn des?"

„Maria, bitte! Ich hab gsagt, dass du mich ausreden lassen sollst! Also: Der Lederer hat mir deswegen den Fall abgnommen, weil du meine Frau bist und ich der

189

ermittelnde Kriminalhauptkommissar in der ganzen Sache bin. Das geht einfach nicht. Der muss mir den Fall abnehmen, was mich aber nicht davon abgehalten hat, weiter nachzuforschen. Übrigens mit freundlicher Unterstützung vom Kollegen Strasser. Bei dem kannst dich noch bedanken, weil der hat mich die ganze Zeit deckt."

„Mei, Franz, jetzt machs halt ned so spannend. Was ist denn rauskommen, bei deinen Ermittlungen? Sag endlich, ob ich meine Sachen packen muss oder ned."

Pietzinger schmunzelt und tröstet sein Weibi.

„Ich kann dich beruhigen, liebes Spotzei. Du wirst nicht verhaftet!"

Maria Pietzinger ist anzumerken, wie ihr eine große Last vom Herzen genommen wird.

„Echt? Wer wars dann? Hat die Theres den allein in die Grubn gschmissn?"

„Nein, Maria, die wars auch nicht. Des is ganz anders glaufen. Die Ermittlungen sind noch nicht abgeschlossen, aber ihr seid definitiv raus aus dem Fall."

Maria ist erleichtert. Sie springt auf und umarmt überglücklich ihren Franz.

„Danke! Danke, Franz! Du glaubst ja gar ned, was ich den ganzen Tag durchgemacht hab. Stell dir vor, wie die Nachbarn über uns gred hättn! Furchtbar. ‚Habts des ghört? Die Frau vom Kommissar Pietzinger is verhaftet. In einen Mordfall mit zwei Leichen solls verwickelt sein!' Ja, so hättens gred, die Leut! Selbst wenn meine Unschuld bewiesen wär, bleibt immer noch ein unguter Beigschmack an mir haften. ‚Logisch, dass sie die

Pietzingerin nicht verhaftet ham. Da hams doch was gmauschelt, wenn des a Frau vom Kommissar is!' Franz, genauso wären wir ausgricht worden, aber du hast den Fall gelöst und mich gerettet!"

Maria ist von einer Sekunde auf die andere ein völlig neuer Mensch. Sie strahlt über das ganze Gesicht und kann es kaum fassen, während sich Pietzinger nichts sehnlicher wünscht als ein frisches, kühles Bier.

„Und weiter, Franz! Was is bei dem andern Toten rauskommen? Wer hat den umd Ecken bracht? Des is ja total spannend."

„Spotzei, ich darf im Moment nicht mehr darüber sagen. Die Ermittlungen laufen nämlich noch. Außerdem mag ich jetzt wirklich nimmer über die Arbeit reden. Die Einzelheiten wirst schon noch rechtzeitig erfahren, wenn der Fall abgschlossn is. Komm, lass dir doch noch a mal a Busserl geben."

Franz zieht seine Maria an sich und schaut sie an.

„Hab ich dir eigentlich gsagt, dass ich deine kurzen Haar gar nicht so schlecht find? Ich hab mich sogar richtig dran gwöhnt. Wirklich wahr, Maria. Jetzt steht quasi eine ganz neue Frau vor mir!"

Pietzinger gibt sich alle Mühe, obwohl das Resultat des Schreckens direkt vor ihm steht. Maria ist von so viel Treue mehr als beeindruckt und einfach selig. Glücklich schmiegt sie sich an ihren Franz.

„Ach Franz, du bist so lieb! Danke. Des find ich so mega süß, dass du mich unterstützt und nicht am Radl drehst. Ein anderer Mann wär wirklich davon grennt, so wie der Huberin ihr Mo! Der geht jetzt jeden Tag zum Wirt, weil er den abgschnittenen Zopf von ihrer so vermisst. Die Theres läuft daheim bloß noch mitm Kopftüacherl rum. Die is genauso schlimm dran wie ich. Sogar noch mehrer, weil des, was bei der am Hof abgangen is, des möcht ich nicht erleben."

„Stimmt, da hast recht Spotzei. Mir hams echt schee. Was für ein Glück, dass uns sowas erspart bleibt. Und um deine Haar brauchst dir keine Gedanken machen, die wachsen scho wieder."

„Ach Franz, ich weiß es ja selber, dass die kurzen Locken ungut ausschaun und ned zu mir passen. Aber wer möcht schon zugeben, dass er einem Charmeur und völlig talentfreien Starfriseur zum Opfer gfallen is? Niemand!", jammert Maria und fasst sich immer wieder unsicher in ihre missglückte Haarpracht.

„Du bist und bleibst mei Spotzei und dich kann nix entstellen. Wirklich wahr, des is mein Ernst. Weißt, des nennt man Liebe, und die geht ja auch bekanntlich durch den Magen. Also, was gibts heut zum Essen?"

Maria lacht aus vollem Herzen und Franz möchte nur eines – endlich Feierabend und eine gepflegte, kühle Halbe.

Weitere Bücher der Autorin

**Chiemgaukrimi II - Der Pietzinger
und die gute Helene**

Der Dachboden - Teil 1

Der Dachboden - Teil 2

VON BENTZEL VERLAG
www.von-bentzel-art.de

Chiemgaukrimi II
Der Pietzinger und die gute Helene

Leseprobe

Manchmal kann er eben nicht nein sagen, der blonde Hüne und Kriminalhauptkommissar vom Chiemsee. So hilft er kurzentschlossen im Baumarkt bei der Suche nach einem gestohlenen Einkaufswagen. Wenige Stunden später ruft man ihn erneut in diesen Baumarkt. Ein Leichenfund. Pietzinger muss mit Entsetzen feststellen, dass er die Tote kennt, doch das sollte nicht die einzige Entdeckung bleiben, die viele Rätsel aufgibt …

Taschenbuch, 274 Seiten
VON BENTZEL VERLAG

Der Dachboden - Teil 1

Leseprobe

Kai lebt mit seiner Familie weit draußen auf dem Land. Jede freie Minute verbringt er auf dem Dachboden des Hauses. Hier findet er eine alte Holztruhe mit Reagenzgläsern, die von seinem Urgroßvater, einem bekannten Chemiker, stammen. Wie er alten Briefen entnimmt, haben diese Flüssigkeiten eine sensationelle Wirkung auf Mensch und Tier. So wagt er Experimente an sich und seinem geliebten Kater Sam.
Das Abenteuer nimmt seinen Lauf …

Taschenbuch, 172 Seiten, ab 9 Jahren
VON BENTZEL VERLAG

Der Dachboden - Teil 2

Leseprobe

Die Ferien sind vorbei und Kai ist es geglückt, Sams Katzenarmee in den Griff zu bekommen. Nun kann er sich endlich um die Schule kümmern. Wird ihm der ersehnte Siegeszug durch alle Fächer gelingen oder verhindern die Nebenwirkungen der eingenommenen Intelligenzflüssigkeit sein Vorhaben? Bei Kater Sam, den er als Versuchskaninchen benützt hatte, zeigen sich bereits viele Auffälligkeiten und er mutiert zu einem macht-besessenen Tier. Kai muss handeln, da sein Kater durch den Wunsch nach Ruhm und Macht das Leben im Haus in ein Chaos verwandelt.

Taschenbuch, 304 Seiten, ab 9 Jahren
VON BENTZEL VERLAG